齐白石　绘

子林仁兄先生清正丙寅春二月齐白石

齐白石 绘

北樓仁兄大人法正甲子仲
冬月為弟黃□愚□補蝶

齐白石　绘

齐白石　绘

啓明夫人清鑒七十老人齊璜

齐白石　绘

杏子隖老民

齐白石　绘

三百石印富翁寄于長沙

齐白石　绘

齐白石　绘

原来人生无常，心安便是归处

梁实秋 著

北方文艺出版社

图书在版编目（CIP）数据

原来人生无常，心安便是归处 / 梁实秋著 .-- 哈尔滨：北方文艺出版社，2019.9（2023.2 重印）

ISBN 978-7-5317-4349-1

Ⅰ.①原… Ⅱ.①梁… Ⅲ.①散文集 – 中国 – 现代 Ⅳ.① I266

中国版本图书馆 CIP 数据核字（2019）第 165284 号

原来人生无常，心安便是归处

Yuanlai Rensheng Wuchang Xin'an Bianshi Guichu

作　者 / 梁实秋

责任编辑 / 富翔强　徐　昕　　　　装帧设计 / 樱　瑄

出版发行 / 北方文艺出版社　　　　邮　编 / 150008
发行电话 /（0451）86825533　　　经　销 / 新华书店
地　址 / 哈尔滨市南岗区宣庆小区 1 号楼　网　址 / www.bfwy.com

印　刷 / 朗翔印刷（天津）有限公司　开　本 / 880×1230　1/32
字　数 / 140 千　　　　　　　　　　印　张 / 8
版　次 / 2019 年 9 月第 1 版　　　　印　次 / 2023 年 2 月第 8 次印刷

书　号 / ISBN 978-7-5317-4349-1　　定　价 / 49.80 元

目 录

辑一　故人万里

忆冰心

　　初识冰心的人都觉得她不是一个令人容易亲近的人，冷冷的好像要拒人于千里之外。她的《繁星》《春水》发表在《晨报副刊》的时候，风靡一时，我的朋友中如时昭瀛先生，便是最为倾倒的一个。他逐日剪报，后来精裱成一长卷，在美国和冰心相遇的时候恭恭敬敬地献给了她。我在《创造周报》第十二期（十二年七月廿九日）写过一篇《〈繁星〉与〈春水〉》，我的批评是很保守的，我觉得那些小诗里理智多于情感，作者不是一个热情奔放的诗人，只是泰戈尔小诗影响下的一个冷隽（峻）的说理者。就在这篇批评发表后不久，于赴美途中在"杰克逊总统"号的甲板上不期而遇。经许地山先生介绍，寒暄一阵之后，我问她："您到美国修习什么？"她说："文学。"她问我："您修习什么？"我说："文学批评。"话就谈不下去了。

　　在海船上摇晃了十几天，许地山、顾一樵、冰心和我都不晕船，我们兴致勃勃地办了一份文学性质的壁报，张贴在客舱入口处。后来我们选了十四篇送给《小说月报》，发表在第十一期（一九一二年十一月十日），作为一个专辑，就用原来壁报的名称《海啸》。其中有冰心的诗三首：《乡愁》《惆怅》《纸船》。

一九一三年秋我到了哈佛，冰心在威尔斯莱女子学院，同属于波士顿地区，相距约一个小时火车的路程。遇有假期，我们几个朋友常去访问冰心，邀她泛舟于脑伦璧迦湖；冰心也常乘星期日之暇到波士顿来做杏花楼的座上客。我逐渐觉得她不是恃才傲物的人，不过对人有几分矜持，至于她的胸襟之高超，感觉之敏锐，性情之细腻，均非一般人所可企及。

一九一四年三月二十八日，波士顿一带的中国学生在"美术剧院"公演《琵琶记》，剧本是顾一樵改写的，由我译成英文。我饰蔡中郎，冰心饰宰相之女，谢文秋女士饰赵五娘。逢场作戏，不免谑浪。后谢文秋与同学朱世明先生订婚，冰心就调侃我说："朱门一入深似海，从此秋郎是路人。""秋郎"二字来历在此。

冰心喜欢海，她父亲是海军中人，她从小曾在烟台随侍过一段期间，所以和浩瀚的海洋结不解缘。不过在她的作品里嗅不出梅思斐尔的"海洋热"。她憧憬的不是骇浪涛天的海水，不是浪迹天涯的海员生涯，而是在海滨沙滩上拾贝壳，在静静的海上看冰轮乍涌。我一九三〇年到青岛，一住四年，几乎天天与海为邻，几次三番地写信给她，从没有忘记提到海，告诉她我怎样陪同太太带着孩子到海边捉螃蟹，掘沙土，捡水母，听灯塔呜呜叫，看海船冒烟在天边逝去。我的意思是逗她到青岛来。她也很想来过一个暑季，她来信说："我们打算住两个月，而且因为我不能起来的缘故，最好是海涛近接于几席之下。文藻想和你们逛山散步，泅水，我则可以倚枕倾聆你们的言论……我近来好多了，医生许我坐火车，大概总是有进步。"但是她终于不来，倒是文藻因赴邹平开会之便，到舍下盘桓了三五天。

冰心健康情形一向不好，说话的声音不能大，甚至是有上气无下气的。她一到了美国不久就呕血，那著名的《寄小读者》大部分是在医院床上写的。以后她一直时发时愈，缠绵病榻。有人以为她患肺病，那是不确的。她给赵清阁的信上说："肺病绝不可能。"给我的信早就说得更明白："为慎重起见，遵医（协和）嘱重行检验一次，X光线，取血，闹了一天。据说我的肺倒没毛病，是血管太脆。"她呕血是周期性的，有时事前可以预知。她多么想看青岛的海，但是不能来，只好叹息："我无有言说，天实为之！"她的病严重地影响了她的创作生涯，甚至比照管家庭更妨碍她的写作，实在是太惋惜的事。抗战时她先是在昆明，我写信给她。为了一句戏言，她回信说："你问我除生病之外所做何事。像我这样不事生产，当然使知友不满之意溢于言外。其实我到呈贡之后，只病过一次，日常生活都在跑山望水、柴米油盐、看孩子中度过……"在抗战期中做一个尽职的主妇真是谈何容易，冰心以病躯肩此重任，是很难为她了。她后来迁至四川的歌乐山居住，我去看她，她一定要我试一试他们睡的那一张弹簧床。我躺上去一试，真软，像棉花团，文藻告诉我他们从北平出来什么也没带，就带了这一张庞大笨重的床，从北平搬到昆明，从昆明搬到歌乐山，没有这样的床她睡不着觉！

歌乐山在重庆附近，算是风景很优美的一个地方。冰心的居处在一个小小的山头上，房子也可以说是洋房，不过墙是土砌的，窗户很小很少，里面黑黝黝的，而且很潮湿。倒是门外有几十棵不大不小的松树，秋声萧瑟，瘦影参差，还值得令人留恋。一般人以为冰心养尊处优，以我所知，她在抗战期间并不宽裕。歌乐山的寓处也是借住的。

抗战胜利后，文藻任职我国驻日军事代表团。这一段时间才是她一生享受最多的，日本的园林之胜是她所最为爱好的，日常的生活起居也由当地政府照料得无微不至。下面是她到东京后两年写给我的一封信：

实秋：

九月廿六信收到。昭涵到东京，待了五天，我托他把那部日本版杜诗带回给你（我买来已有一年了！），到临走时他也忘了，再寻便人罢。你要吴清源和本因坊的棋谱，我已托人收集，当陆续奉寄。清阁在北平（此信给她看看），你们又可以热闹一下。我们这里倒是很热闹，甘地所最恨的鸡尾酒会，这里常有！也累，也最不累，因为你可以完全不用脑筋说话。但这里也常会从万人如海之中飘闪出一两个"惊才绝艳"，因为过往的太多了，各国的全有，淘金似的，会浮上点金沙。除此之外，大多数是职业外交人员、职业军人、浮嚣的新闻记者，言语无味，面目可憎。在东京两年，倒是一种经验，在生命中算是很有趣的一段。文藻照应忙，孩子们照应玩，身体倒都不错，我也好。宗生不常到你处罢？他说高三功课忙得很，明年他想考清华，谁知道明年又怎么样？北平人心如何？看报仿佛不太好。东京下了一场秋雨，冷得美国人都披上皮大衣，今天又放了晴，天空蓝得像北平。真是想家得很！你们吃炒栗子没有？

　　请嫂夫人安

冰心　十、十二

　　一九四九年六月我来到台湾，接到冰心、文藻的信，信中说他们很高兴听到我来台的消息，但是一再叮咛要我立刻办理手续前往日本。风雨飘摇之际，这份友情当然可感，但是我没有去。此后就消息断绝。

冰心致作者及赵清阁女士的信

一 冰心致作者的信之一

实秋：

前得来书，一切满意，为慎重起见，遵医（协和）嘱重行检查一次，x光线，取血，闹了一天，据说我的肺倒没毛病，是血管太脆。现在仍须静养，年底才能渐渐照常，长途火车，绝对禁止。于是又是一次幻象之消灭！

我无有言说，天实为之！我只有感谢你为我们费心，同时也羡慕你能自由地享受海之伟大。这原来不是容易的事！

文藻请安

冰心拜上 六月廿五

二 冰心致作者的信之二

实秋：

你的信，是我们许多年来，从朋友方面所未得到的，真挚痛快的好信！看完了予我们以若干的欢喜。志摩死了，利用聪明，在一场不人道不光明的行为之下，仍得到社会一班人的欢迎的人，得到一个归宿了！我仍是这么一句话，上天生一个天才，真是万难，而聪明人自己的糟蹋，看了使我心痛。志摩的诗，魄力甚好，而情调则处处趋向一个毁灭的结局。看他《自剖》里的散文、《飞》等等，仿佛就是他将死未绝时的情感，诗中尤其看得出。我不是信预兆，是说他十年来心理的酝酿，与无形中心灵的绝望与寂寥，所形成的必然的结果！人死了什么都太晚。他生前我对着他没有说过一句好话，最后一句话，他对我说的："我的心肝五脏都坏了，要到你那里圣洁的地方去忏悔！"我没说什么，我和他从来就不是朋友，如今倒怜惜他了，他真辜负了他的一股子劲！

谈到女人，究竟是"女人误他"？"他误女人"？也很难说。志摩是蝴蝶，而不是蜜蜂，女人的好处就得不着，女人的坏处就使他牺牲了。——到这里，我打住不说了！我近来常常恨我自己，我真应当常写作，假如你喜欢《我劝你》那种的诗，我还能写他一二十首。无端我近来又教了书，天天看不完的卷子，使我头痛心烦。是我自己不好，只因我有种种责任，不得不要有一定的进款来应用。过年我也许不干或少教点，整个的来奔向我的使命和前途。

我们很愿意见见你，朋友们真太疏远了！年假能来吗？我们约了努生，也约了昭涵，为国家你们也应当聚聚首了。我若百无一长，至少能为你们煮咖啡！

小孩子可爱得很，红红的颊，蜷曲的浓发，力气很大，现在就在我旁边玩。他长得像文藻，脾气像我，也急，却爱笑，一点也不怕生。

请太太安

冰心　十一、廿五

三　冰心致作者的信之三

实秋：

山上梨花都开过了，想雅舍门口那一大棵一定也是绿肥白瘦。光阴过得何等得快！你近来如何？听说曾进城一次，歌乐山竟不曾停车，似乎有点对不起朋友。刚给白薇写几个字，忽然想起赵清阁，不知她近体如何？春来是否痊愈了？请你代我走一趟，看看她。我自己近来好得很。文藻大约下月初才能从昆明回来，他生日是二月九号，你能来玩玩否？余不一一，即请

大安

问业雅好

冰心　三月廿五日

四 冰心致赵清阁的信

清阁：

信都收入，将来必有一天我死了都没有人哭。关于我病危的谣言已经有太多次了，在远方的人不要惊慌，多会真死了才是死，而且肺病绝不可能。这种情形，并不算坏。就是有病时（有时）太寂寞一点，而且什么都要自己管，病人自己管自己，总觉得有点那个！你叫我写文章，尤其是小说，我何尝不想写，就是时间太零碎，而且杂务非常多。也许我回来时在你的桌上会写出一点来。上次给你寄了樱花没有？并不好，就是多，我想就是菜花多了也会好看，樱花意味太哲学了，而且属于悲观一路，我不喜欢。朋友们关心我的，请都替我辟谣，而且问好。参政会还没有通知，我也不知道是否五月开，他们应当早通知我，好做准备。这边待得相当腻，朋友太少了，风景也没有什么，人为居多，如森林，这都是数十年升平的结果。我们只要太平下来五十年，你看看什么样子。总之我对于日本的印象，第一是女人（太没有背脊骨了），第二是樱花，第三、第四也还要有……匆匆请

放心

冰心 四、十七

五　冰心致作者的信之四

实秋：

文藻到贵阳去了，大约十日后方能回来，他将来函寄回，叫我作复。大札较长，回诵之余，感慰无尽。你问我除生病之外所做何事，像我这样不事生产，当然使知友不满之意溢于言外。其实我到呈贡后，只病过一次，日常生活都在跑山望水、柴米油盐、看孩子中度过。自己也未尝不想写作，总因心神不定，前作《默庐试笔》，断续写了三夜，成了六七千字，又放下了。当然，我不敢妄自菲薄，如今环境又静美，正是应当振作时候，甚望你常常督促，省得我就此沉落下去。呈贡是极美，只是城太小，山下也住有许多外来的工作人员，谈起来有时很好，有时就很索然。在此居留，大有 Main street 风味，渐渐地会感到孤寂。（当然昆明也没有什么意思，我每次进城，都亟欲回来！）我有时想这不是居处关系，人到中年，都有些萧索。我的一联是"海内风尘诸弟隔，无涯涕泪一身遥"，庶几近之。

你是个风流才子，"时势造成的教育专家"，同时又有"高尚娱乐""活鱼填鸭充饥"，所谓之"依人自笑冯欢老，作客谁怜范叔寒"两句（你对我已复述过两次）。

真是文不对题。该打！该打！只是思家之念，尚值得人同情耳！你跌伤已痊愈否？景超如此仗义疏财，可惜我不能身受其惠。我们这里，毫无高尚娱乐，而且虽有义可仗，也无财可疏，为可叹也！文藻信中又嘱我为一樵写一条横幅，请你代问他，可否代以"直条"？我本来不是写字的人，直条还可闭着眼草下去，写完"一瞑不视"（不是"掷笔而逝"）！横幅则不免手颤了，请即复。山风渐动，阴雨时酸寒透骨，幸而此地阳光尚多，今天不好，总有明天可以盼望。你何时能来玩玩？译述脱稿时请能惠我一读。景超、业雅、一樵请代致意，此信可以传阅。静夜把笔，临颖不尽。

冰心拜启　十一月廿七

六　冰心致作者的信之五

实秋：

　　我弟妇的信和你的同到。她也知道她找事的不易，她也知道大家的帮忙，叫我写信谢谢你！总算我做人没白做，家人也体恤，朋友也帮忙，除了"感激涕零"之外，无话可说！东京生活，不知宗生回去告诉你多少？有时很好玩，有时就寂寞得很。大妹身体痊愈，而且茁壮。她廿号上学，是圣心国际女校。小妹早就上学（九、一）。我心绪一定，倒想每日写点东西，要不就忘了。文藻忙得很，过去时时处处有回去可能，但是总没有走得成。这边本不是什么长事，至多也只到年底。你能吃能睡，茶饭无缺，这八个字就不容易！老太太、太太和小孩子们都好否？关于杜诗，我早就给你买了一部，日本版的，放在那里，相当大，坐飞机的无人肯带，只好将来自己带了。书贾又给我送来一部中国版的（嘉广）和一部《全唐诗》，我也买了。现在日本书也贵。我常想念北平的秋天，多么高爽！这里三天台风了，震天撼地，到哪儿都是潮不唧的，讨厌得很。附上昭涵一函，早已回了，但有朋友近况，想你也要知道。

文藻问好

冰心　中秋前一日

后　记

一

绍唐吾兄：

在《传记文学》十三卷六期我写过一篇《忆冰心》，当时我根据几个报刊的报道，以为她已不在人世，情不自已，写了那篇哀悼的文字。今年春，凌叔华自伦敦来信，告诉我冰心依然健在，惊喜之余，深悔孟浪。顷得友人自香港剪寄今年五月二十四日香港《新晚报》，载有关冰心的报道，标题是《冰心老当益壮酝酿写新书》，我从文字中提炼出几点事实：

（一）冰心今年七十三岁，还是那么健康、刚强，洋溢着豪逸的神采；

（二）冰心后来从未教过书，只是搞些写作；

（三）冰心申请了好几次要到工农群众中去生活，终于去了，一住十多个月；

（四）目前她好像是待在中央民族学院里，任务不详；

（五）她说："很希望写一些书"，最后一句话是："老牛破车，也还要走一段路的"。

此文附有照片一帧。人还是很精神的，只是二十多年不见，显着苍老多了。因为我写过《忆冰心》一文，我觉得我有义务作简单的报告，更正我轻信传闻的失误。

弟梁实秋拜启

一九七二年六月十五日西雅图

二

绍唐吾兄：

六月十五日函计达。我最近看到香港《新闻天地》第一二六七号载唐向森《洛杉矶航信》，记曾与何炳棣一行同返大陆的杨庆尘教授在美国西海岸的谈话，也谈到谢冰心夫妇。他说："他俩还活在人间，刚由湖北孝感的'五七干校'回到北京。他还谈到梁实秋先生误信他们不在人间的消息所写下悼念亡友的文章，冰心说，他们已看到了这篇文章。这两口子如今都是七十开外的人了。冰心现任职于'作家协会'，专门核阅作品，作成报告交予上级，以决定何者可以出版，何者不可发表之类。至于吴文藻派什么用场，未见道及。这二位都穿着皱巴巴的人民装，也还暖和，曾问二位夫妇这一把年纪去干校，尽干些什么劳动呢？冰心说，多半下田扎绑四季豆。"这一段报道益发可以证实冰心夫妇依然健在的消息。我不明白，当初为什么有人捏造死讯，难道这造谣的人没有想到谣言早晚会不攻自破吗？现在我知道冰心未死，我很高兴；冰心既然看到了我写的哀悼她的文章，她当然知道我也未死。这年头儿，彼此知道都还活着，实在不易。这篇航信又谈到老舍之死，据冰心的解释，老舍之死"要怪舍予太爱发脾气，一发脾气去跳河自杀死了……"这句话说得很妙。人是不可发脾气的，脾气人人都有，但是不该发，一发则不免跳河自杀矣。

弟梁实秋顿首

一九七二年七月十一日西雅图

谈徐志摩

*本篇原载于1928年10月10日《新月》月刊第一卷第八号"零星"专栏。

一

一九三二年十一月的一晚,我的青岛鱼山路四号的寓所有敲门声,时已十一点多钟,我已入睡。季淑说:"这样晚还有客来?"我披衣下楼,原来是杨今甫(振声)先生派人送信来。纸条上写着:"请示志摩沪寓地址。"我觉得奇怪,志摩时而在北平,时而在上海,但是多半时候是在北平,要他的上海住址做什么呢?我在条上批写:"上海福煦路新村×号",上楼重复入寝。

第二天早晨,到青岛大学去上课,课毕踱到楼上校长室,想问个究竟。王秘书在外间办公,面对着窗,我没和他打招呼,一直冲进内间,今甫的脸色很严肃,这一回没有笑脸相迎,坐在转椅上发愣。他说:"你知道了吗,志摩死啦!"这真是晴天霹雳,我怔住了。我那时是个三十岁的人，从来没想到过"死"，而像志摩那样一个生龙活虎般的人如何能和"死"联在一起？

今甫说，他接到济南何仙槎厅长的电报，电文很简略，只是说："志摩乘飞机在开山失事，速示其沪寓地址。"飞机失事，当然乘客没有幸理。志摩已死，是一定的了。这消息很快地散布开，闻一多、赵太侔都来了，相顾愕然，无话可说。一阵惊骇的寂静过去，我们商量应该做些什么事，最后决定由沈从文专赴济南探询一切。

沈从文一向受知于徐志摩，从北平《晨报副刊》投稿起，后来在上海《新月》杂志长期撰稿，以致最后被介绍到青岛大学教国义，都是志摩帮助推毂；所以志摩死耗给他的打击是相当沉重的。沈从文一声不响地立刻就到济南去了。他在济南盘旋了好几天，直等到志摩尸体运走安葬一切办完之后才回青岛。他有信给今甫报告详情。志摩是由沪搭飞机回北平，到泰山南一带，遇雾，误触开山山头，机身破毁，滚落于山脚之下，当即起火，志摩头部撞一巨洞，手足烧焦，为状至惨。何仙槎先生料理后事，最为出力。

提起志摩坐飞机，我就想起他对我的一次谈话。他说："实秋，你坐过飞机没有？"我说我没有坐过，一来没有机会，二来没有必要，三来也太贵。"喂，你一定要试试看，哎呀，太有趣，御风而行，平稳之至，在飞机里可以写稿子。自平至沪，比朝发夕至还要快，北平吃早点，到上海吃午饭。太好。"在那时候，航空事业还不发达，一般人坐不起，同时也视为畏途，志摩飞来飞去，在一般文人里可谓开风气之先。但其中也是机缘凑巧。志摩有个朋友在航空公司（保君建），知道志摩在平沪两地经常奔波，便送了一张长期免票给他，没想到一番好意竟招致了灾祸。

为什么志摩要经常在平沪之间奔走？志摩住在上海已有好几年，起初是相当快乐的。后来朋友们纷纷都离开了上海。胡适之先生到北平做北大文学院长，胡先生是志摩的朋友，眼看着他孤零零地住在上海，而他的家庭状况又是非常不愉快，长久下去怕他要颓废，所以就劝他到北平去换换空气，在北大教书倒是次要的事。志摩身在北平，而心不能忘上海的家，月底领了薪金正好送到上海去。他经常往返平沪者以此。

志摩这一死，确实是死得不平凡。英国浪漫派诗人，如拜伦、雪莱、济慈，没有一个能享大寿。拜伦是三十六岁时死在希腊的，志摩也是三十六岁死。想他正在"乘风而行，泠然善也"的当儿，心里一定是一片宁静，目旷神怡，也许家里的尴尬事早已撇到九霄云外，也许正在写诗，蓦然间轰然一响，飞机里天翻地覆，机身打个滚，然后是一团黑烟烈火！志摩在这几秒钟之间，受到了致命伤，可能没有太久的苦痛而即失去知觉。这种死法，固然很惨，但从另一方面看，也可以说是轰轰烈烈的。拜伦是志摩很崇拜的一位诗人，志摩的死也可以说是拜伦式的。济慈死得更年轻，他给自己撰写的墓铭是："这里睡着一个人，他的名字是写在水上了。"志摩的名字可以说是写在一团火焰里了。

附录

一九三二年十一月二十一日上海《新闻报》：中国航空公司京平线之济南号飞机，于十九日在济南党家庄附近遇雾失事，机既全毁，机师王贯一、梁璧堂及搭客徐志摩，均同时遇难。华东社记者，昨往公司方面及徐宅访问，兹将所得汇志如后。失事情形：济南号飞机于十九日上午八时，由京装载邮件四十余磅，由飞机师王贯一、副机师梁璧堂驾驶出发，乘客仅北大教授徐志摩一人拟去北平，该机于上午十时十分飞抵徐州，十时二十分由徐继续北飞，是时天气甚佳。不料该机飞抵济南五十里党家庄附近，忽遇漫天大雾，进退俱属不能，致触山顶倾覆，机身着火，机油四溢，遂熊熊不能遏止。飞行师王贯一、梁璧堂及乘客徐志摩遂同时遇难。办理善后事：后为津浦路警发觉，当即报告该地站长，遂由站长通知公司济南办事处，再由办事处电告公司，公司于昨晨接电后，即派美籍飞行师安利生乘飞机赴京，并转津浦车往出事地点，调查真相，以便办理善后。公司方面，并通知徐宅，徐宅方面，一方既嘱公司代为办理善后，一方面亦已由徐氏亲属张公权君派中国银行人员赶往料理一切。公司损失：济南号机为司汀逊式，于十八年蓉沪航空公司管理处时向美国购入，马力三百五十匹，速率每小时九十哩，今岁始装换新摩托，甫于二月前完竣飞驶，不意偶遇重雾，竟致失事，机件全毁，不能复事修理，损失除邮件等外，计共五万余元……徐氏上星期乘京平线飞机来沪……才五六日，以教务纷繁，即匆匆拟返，不意竟罹斯祸……徐之乘坐飞机，系公司中保君建邀往乘坐，票亦公司所赠……票由公司赠送，盖保君方为财务组主任，欲借诗人之名以做宣传。徐氏留沪者仅五日。

二

我最初看见徐志摩是在一九二二年。那是在我从清华学校毕业的前一年。徐志摩刚从欧洲回来，才名籍甚。清华文学社是学生组织的团体，想请他讲演，我托梁思成去和他接洽，他立刻答应了。记得是一个秋天，水木清华的校园正好是个游玩的好去处，志摩飘然而至，白白的面孔，长长的脸，鼻子很大，而下巴特长，穿着一件绸夹袍，加上一件小背心，缀着几颗闪闪发光的纽扣，足蹬一双黑缎皂鞋，风神潇散，旁若无人。

清华高等科的小礼堂里挤满了人，黑压压的足有二三百人，都是慕名而来的听众。与其说"听众"不如说"观众"，因为多数人是来看而不是来听的。志摩登台之后，从怀里取出一卷稿纸，大约有六七张，用打字机打好的，然后坐下来开始宣读他的讲稿。在宣读之前，他解释说："我的讲题是'艺术与人生'（Art and Life），我要按照牛津的方式，宣读我的讲稿。"观众并没有准备听英语讲演，尤其没有准备听宣读讲稿。在牛津，学术讲演是宣读讲稿的，尤其是"诗学讲座"，像柏拉德来教授的讲演，那讲稿异常精彩，代表着多年的研究心得，讲完之后即可汇集付印成书。可是在我国情形便不同了，尽管讲者的英语发音够标准，尽管听者的了解程度够标准，但是在一般学校里尚无此种习惯。那天听众希望的是轻松有趣的讲演，至少不是英语的宣读讲稿，所以讲演一开始，后排座的听众便慢慢"开闸"。我勉强听完，但是老实讲我没有听懂他读的是什么。后来这篇讲稿经由当时在北平逗留的郁达夫之手发表在《创造季刊》的第二期上，还是英文的。我读过之后，知道那是通俗性的文章，并没有学术研究的意味，实在不必采用"牛津的方式"。无可置疑地，这一回讲演是失败的，我们都很失望。

我第二次见到志摩是在一九二六年，我刚从美国回来。是年夏，我在北平家里，接到他的一张请柬。

这张请柬很是别致，不是普通宴会的性质，署名的是志摩、小曼，小曼是谁？夏历七月七日，那不是"牛郎会织女"的日子吗？打听之后，才知道这是志摩和陆小曼订婚日的宴客。我和志摩本不熟识，我回国后在酬酢中见过几面，在我未回国前曾投寄稿子到志摩主编的《晨报副刊》，而最重要的一点关系是我们有几位共同的朋友，如闻一多、赵太侔、余上沅，都是先我一年回国，而且与志摩是时常过从的，所以我一回国立刻就和志摩相识。他之所以寄给我一张请柬者以此。

北海有两个好去处，一个是濠濮间，曲折自然，有雅淡之趣，只是游人多了就没意思，另一个是北海董事会，方塘里一泓清水，有亭榭、厅堂，因对外不开放，幽静宜人。那一天，可并不静，衣香钗影，士女如云，好像百八十人的样子。在我这一辈中，我也许是年纪最小的一个（不，有一个比我还小两岁的，那便是叶公超，当时大家都唤他为"小叶"）。在这一集会中我见到许多人，如杨今甫、丁西林、任叔永、陈衡哲、陈西滢、唐有壬、邓以蛰，等等。我忝陪末座，却喝了不少酒。

听人窃窃私议，有人说志摩、小曼真是才子佳人、天作之合，也有人在讥讽，说小曼是有夫之妇，不该撇了她的丈夫王赓（受庆，西点毕业生），再试与有妇之夫的徐志摩结合。我的看法很简单，结婚离婚都仅是当事男女双方之事，与第三者何干？而一般人最喜欢谈论者莫过于别人的婚姻离合，可是其中的实在情形并不见得是大家所熟知的。志摩和小曼的结合，自是他一生中一件大事，其中的曲折、变化、隐情，我根本不太清楚。外面的传说，花样就多了。有些话是无中生有，有些话是事出有因，而经过播讲者加盐加醋地走了原样。现在大家一提起徐志摩，好像立刻就联想到陆小曼。直到如今，志摩已死了二十多年，最近在台北的《联合报》副刊上还看见有关他们的记载：

　　最近看到几篇关于写徐志摩和陆小曼的文章，只是都很简略。而小曼的其人其事，实在不是简略概括得了的。

　　现在笔者把个人所知道的事来补充一些，当不致有蛇足之讥。

　　小曼幼时，异常聪慧活泼。他的父亲陆定，字建三，原籍武进，是前清举人。因其时废除科举，他就东渡日本，入帝国大学攻读，为日本名相伊藤博文的得意门生。他与曹汝霖、袁观澜、穆湘瑶等同班毕业。回国后，由同邑翰林汪洵介绍入度支部供职，先后任参事、赋税司长等二十余年，并参加国民党为党员。小曼生于上海，仅在上海幼稚园读过几年书，到八九岁时，才随了她的母亲到北平依其父度日，可是也没有进什么学校。这时候袁项城专政，严办党人，当风声紧急时，其父还把党证等物带在身上。有一天，他照例到部里去上班，小曼便说："证章证件，带在身边，恐怕会发生危险；今天还是摘下藏在别的地方吧。"不料这天才出大门，即被警厅传去软禁。到了晚上，并来大批宪警包围寓所，搜索之余，又讯问小曼家中情形。以为在女孩子口中，容易得到真相。不料小曼态度大方，相机应对，自始至终，不露破绽。警方见查不出什么证据，把他押了三五天后即予释放。当时南北各报都谣传陆定已于某日被袁项城枪决了。

小曼十二岁的时候，一天到晚和仆女们嬉戏，父母交代些做的功课，一样也不依。其父气极，便将小曼掴了几下，她也不哭；可是从此便循规蹈矩地读起书来，再不和人家胡扯了。其父见孺子可教，及聘英籍女教员来家，给她教授英文。因为她悟性好，又肯用功，进步之快，真有一日千里之势。到她十五六岁，英文论文、英文信札，已能意到笔随，平时手不释卷，那些名人著作，十九都已读过。同时她兼习法文，因之英法语言都讲得流利到极点。而面目也长得越发清秀端庄，朱唇皓齿，婀娜娉婷，在北平的大家闺秀里，是数一数二的名姝。

这时候北平的外交部常常举行交际舞会，小曼是跳舞能手，假定这天舞池里没有她的倩影，几乎阖座为之不欢。中外男宾，固然为之倾倒，就是中外女宾，好像看见了她也目眩神迷，欲与一言以为快。而她的举措既得体，发言又温柔，仪态万方，无与伦比；所以向她父母亲求婚的，先后不知多少，她父母总是婉言拒绝，不肯把这一颗掌上明珠轻易许人。一九二〇年，有一位美国留学生叫王赓（字受庆），回国不久。王本宦家子，后家道中落，才发奋出国，在美国西点大学毕业，与现在美国总统艾森豪威尔为同班同学。此人学识优长，偶有一次代外交部翻译了几件长篇文件，顿时声誉鹊起，誉为文武全才。小曼之母，认王赓为东床坦腹，虽然王赓年龄长小曼七岁，她偏说这穷小子将来有办法，毫不迟疑地便把小曼许配了他。小曼听从父母之命，闪电与王赓订了婚。所有一切结婚用费，全由小曼的母家担任。从议婚到婚期，不到一个月，便在北平海军联欢社举行婚礼。仪式甚盛，单说女傧相就有九位之多。除曹汝霖、章宗祥、叶恭绰、赵桩年的小姐之外，还有英国小姐两位。中外来宾到场观礼的，足有好几千人，车水马龙，几乎把联欢社的房屋都挤破了。

北平的社会，本来十分奢华，妇女衣着用品比上海还来得考究阔绰，所以那些要去吃喜酒的，个个都特定新装，争奇斗胜；而小曼更锦上添花，中西毕备。慢说自己穿的礼服，就是侯相也代定新衣，不知绞尽了多少家时装大师的脑汁，才算勉强称意。即此一端，也就可想见当日的排场了。

可是这位新郎的学问虽然优长，而应付女性却是完全外行，他有这样漂亮太太，还是手不释卷，并不分些工夫去温存一下。他在北大执了教鞭，整日埋头苦干。当局为了给他酬用，不久便发表他做了哈尔滨警察厅厅长。这虽是王赓平生最得意的时期，而小曼却依然住在北京母家，只是行动之间，已不像婚前拘谨。从前和她相识的，便得了机会，拼命地向她追求，其时，徐志摩便脱颖而出。徐是浙江硖石人，父亲徐申甫，是当地首富，兼在上海经商。志摩毕业于英国剑桥大学，回国后，在北京《晨报》当副刊主笔，颇负文名；与小曼见过几面，老早就拜倒石榴裙下。某一次义务演剧，内有《春香闹学》一阕，志摩饰老学究，小曼饰丫鬟，曲终人散，彼此竟种下情苗。志摩更利用王赓不善奉迎的罅隙，举凡王赓之短，他必续以所长。可恨侯门似海，两人不易见面，屡次干谒，均为门者挡驾。好在钱能通神，每次竟有行贿门公五百元，而谋一晤。丫鬟们又复环侍不去，甚至把进奉的巴黎香水名贵饰物，中途都为彼辈所匿，同时小曼送出去给志摩的情书，也被她们一并没收。小曼又无法启齿，只好在半夜里写好了英文信，乘隙自去投寄。他们的交往几经波折，彼此的热情，已臻不能遏止的程度，不但为小曼父母所知道，且也为王赓略闻了。

有一天，王赓回家忽拔出手枪威胁小曼，要叫她说出这一段事实，小曼表面上当然只有屈服，唯双方感情从此破裂。小曼父母深恐闹出事来，想出先把志摩的交往遮断，遂决定带小曼暂回上海家中小住，乃相率南下。不料火车刚到上海北站，小曼等在这节车厢下车，而志摩亦在另节车厢下车。同行的家人只有面面相觑。后来因小曼过不惯上海的生活，急欲北上。王赓在这一时期，也谋到了孙传芳五省联军总司令部参谋长一席，立时要去到差。小曼便跟母亲，又到北平。亲友们已知道她与志摩的关系，都认为与其将来麻烦，倒不如早些离异。而王赓到差未久，亦为小曼逾闲而搞得神魂颠倒，经办的一件军火大事，几乎出了岔子。后虽苟全生命，但已焦头烂额失脸抛官。此人亦有自知之明，他每说"小曼这种人才，与我是齐大非偶的";所以回到北平,立时与小曼办好离婚手续,并面对志摩说:"我们大家是知识分子,我纵和小曼离了婚,内心并没有什么成见;可是你此后对她务必始终如一,如果你三心二意,给我知道了,我定以激烈手段相对的。"其内心之痛苦,也就可想而知了。"一·二八"之役,当局为慎重计,又派王赓到上海视察,他又没有办得好,几乎获罪。到抗战中期,他奉命参加中国派往美国的军事代表团,与熊式辉等联袂赴美途中病殁于开罗。

徐志摩是使君有妇的人,不但有妻,且已有子,他的前妻便是上海银行界鼎鼎大名并在政治舞台上煊赫一时的张嘉璈之妹。但到了此时,也只好狠狠心肠,与前妻仳离。志摩之父气愤之余,从此就吃了长斋,不再过问其事。

志摩各方面安排妥当,即与小曼举行婚礼,并请梁任公为证婚人。梁是志摩的老师,在婚礼进行中,他引经据典地大训大骂,志摩自然听得面红耳赤,就是旁人也觉得不好意思,同时均认为任公在这大庭广众之间发这一套威风未免过火。志摩只好忍着惭怍,亲自趋前,向老师服罪,并戆觫地说:"请您不要再讲下去了,顾全弟子一点面罢(吧)。"梁听了这话,大概也觉得讲得过于不堪,以就趁此收煞。只是当天的婚礼状况，比之小曼与王赓婚礼，也不知道冷落了多少倍。好在一对新夫妇本来不过恪于大礼，不能不举行这一个仪式，所以婚期一过，立时夫唱妇随地到上海度蜜月。志摩好似舞台上的小丑，凡是小曼所喜欢的，固然唯命是从，就是小曼目使颐令，只要他能力所及，就是肝脑涂地，也在所不惜。

小曼养尊处优，在北平就是出了名会花钱的小姐，既嫁志摩之后依然不事收敛。志摩只图娇妻心喜，当然也不肯稍有拂逆，向肩膀上负担，不由不一天天地加重起来。不久以后，志摩便在上海光华大学教授英文，同时在法租界花园别墅租好一座精致房屋，接小曼居住。行有余力，又赶写些诗文来换钱，一月所获，至少也有一千多元，而仍不敷日常所需与小曼的挥霍。亲戚朋友都知道他入不敷出，同情他自己节俭，而太太会花钱。在北平的胡适博士，便邀他乃行北上，兼任他事，以增加收入。志摩为争取时间，即买好中国航空公司班机票，以便乘飞机往返。不料竟在济南上空的大雾中误触高山，使这位年仅三十六岁近代数一数二的大诗人与世长辞，这是大家所哀悼的。

小曼在未结婚前，在上海已被誉为交际花。后随志摩到沪，更是名满江南。当时有些阔太太为募捐赈济而演义务戏，曾亲自登门，请她出来帮忙。首次出演于"恩派亚"大戏院，小曼先演昆戏中之《思凡》，后与江小鹣、李小虞合演《汾河湾》为大轴。嗣又在"卡尔登"大戏院演《玉堂春》，并与唐瑛等合演《贩马记》。在上海上流社会中，无分男女，闻小曼之名咸欲一睹颜色以为荣，而且每次义演，尽管有多少位名票在前，也必推她压轴。其实她于评剧一道，并无真实功夫，仅是在北平拾到一点牙慧，既没有拜过师，又没做过票友，这总是因生得漂亮，艳名轰传，先声夺人。唯她喜欢评剧倒是真的，尤喜欢捧坤伶，先后有小兰芬，容丽娟及马艳秋、马艳云姊妹，花翠兰、花玉兰姊妹，姚玉英、姚玉兰姊妹，袁美云、袁汉云姊妹等多人，均受过她的扶掖。其中马艳云、姚玉兰、袁美云，几乎全是她捧红的。她平日泼撒已惯，对于捧角，更是一掷千金，毫无吝啬。

她曾与唐瑛等在上海合资开过云裳服装公司，花样翻新，大多出自小曼的设计。她也喜欢绘事，曾师事贺天健。今日台湾，还有与她曾共砚席、研究丹青的人在。她十几岁时便爱好音乐，其父为她请了一位英国音乐教师，在家中练习了多年，她很聪慧，所以有名乐章，什九都甚娴熟。故在志摩死后，她的胞弟效冰即很诚挚地对她说：

"你的品貌、学问、才干、声誉，没一样不出人头地，为什么不贡献给社会？也等于散散心，免得郁郁寡欢。而且知道你的人太多，他们将欢迎之不暇，也不会使你委屈，而你还是名利双收。"小曼听了，只淡淡地答着说："第一我不喜欢虚荣，第二我不会服侍人家。"盖其时已染有毒嗜，已渐入堕落之途。

王赓病殁开罗后，他还有慈母在堂，王赓之妹，就是游弥坚的太太，因之这位老太太，便依其幼女度日。别的文章上说，志摩与小曼结婚时候，王赓曾在场做伴郎，引为笑话。其实，小曼的半生也就尽够戏剧化的了，如若把她编做电影的脚本，也是老少咸宜的一阕好戏，王赓虽称大度，却还不致在这一出戏中变成丑角的。

此文作者磊庵先生不知是谁，文中所记大致不错，也有些琐节不大正确，例如上海的云裳公司根本与陆小曼无关，那是志摩的前夫人张幼仪女士创设主持的。我无意于此考证此文之疵缪，所以亦不必多赘。不过梁任公先生在证婚时把新郎新娘大骂一顿倒是真有其事，我是从霍菊农先生处听说的，他说任公先生那天声色俱厉，骂得志摩抬不起头，观礼的人也都为之大窘，其实任公先生事前已得志摩同意，要在大众面前以严师的姿态痛责他一番。"徐志摩,你这个人性情浮躁,所以在学问方面没有成就,你这个人用情不专,以至于离婚再娶……以后务要痛改前非,重新做人!"这些话骂得对,只有梁任公先生可以这样骂他,也只有徐志摩这样一个学生梁任公先生才肯骂。这真是别开生面的一场证婚。

志摩的婚姻问题还不这样简单。他和他的第一位夫人离婚,可是离婚之后还维持着相当好的友谊关系。这位原配张幼仪女士是张君劢、张嘉璈先生的胞妹。我在一九二六年夏天回国在上海访张嘉铸(禹九)先生未遇,听见楼上一位女士吩咐工友的声音:"问清楚是找谁的,若是找八爷的,我来见。"我这是第一次见到这位二小姐。她是极有风度的一位少妇,朴实而干练,给人极好的印象。她在上海静安寺路开设云裳公司,这是中国第一个新式的时装公司,好像江小鹣先生在那里帮着设计,营业状况盛极一时,我带着季淑在那里做过一件大衣。在这期间,她住在海格路范园四号,在那里我常看见志摩出出进进,二小姐对他依然是嘘寒问暖,没有任何芥蒂的样子,大家都佩服她的落落大方的态度。她有一个儿子,乳名叫阿欢,学名叫积锴,字如孙,长得和志摩一模一样,长长的脸,尖下巴。阿欢现已长大成人,在美国,并且也娶妻生子了,这是我前年听胡适之先生说的。志摩的尊翁好像是一直把张二小姐视为他家的少奶奶,对于陆小曼似乎是抱着一种不承认态度。徐先生有时候也住在范园。志摩死后，张二小姐在上海曾任女子储蓄银行总经理，有一次路过青岛还来看过我。后在香港寓居，前几年报载她得她儿子的同意，和一位旅居香港的中医某先生结婚了。凡是认识她的人没有不敬重她的，没有不祝福她的。她没有写过文章，她没做过宣传，她没说过怨怼的话，她沉默地坚强地度过她的岁月，她尽了她的责任，对丈夫的责任，对夫家的责任，对儿子的责任，然后她在自己的晚年寻得一归宿。凡是尽了责任的人，都值得令人敬重。

三

徐志摩，名章垿，以字行，浙江硖石人。初就读于硖石开智学堂，十五岁入杭州府中学，后改名为杭州一中。他在二十岁的时候与张幼仪女士结婚于硖石。翌年入北京大学。

在北京大学，志摩读了两年书，于一九一八年入美国克拉克大学社会学系。在途中志摩撰写了一文致亲友，充分表现了少年志摩的抱负，文曰：

　　诸先生既祖饯之，复临送之，其惠于摩者至，抑其期于摩者深矣。窃闻之，谋不出几席者，忧隐于眉睫，足不逾同里者，知拘于蓬蒿。诸先生于志摩之行也，岂不日国难方兴，忧心如捣，室如悬磬，野无青草，嗟尔青年，维国之宝，慎尔所习，以我脑。诚哉，是摩之所以引惕而自励也。传曰："父母在，不远游。"今弃祖国五万里，违父母之养，入异俗之城，舍安乐而耽劳苦，固未尝不痛心欲泣，而卒不得已者，将以忍小剧而克大绪也。耻德业之不立，遑恤斯须之辛苦，悼邦国之珍瘁，敢恋晨昏之小节，刘子舞剑，良有以也，祖生击楫，岂徒然哉？惟以华夏文物之邦，不能使有志之士左右逢源，至于跋涉间关，乞他人之糟粕，作无憀之妄想，其亦可悲而可恸矣。垂髫之年，辄抵掌慷慨，以破浪乘风为人生至乐。今日出海以来，身之所历，目之所触，皆足悲哭呜咽，不自知涕之何从也，而何有于乐？我国自戊戌政变，渡海求学者，岁积月增，比其返也，与闻国政者有之，置身实业者有之，投闲置散者有之。其上焉者，非无宏才也，或蔽于利。其中焉者，非无积学也，或绌于用。其下焉者，非鲋涸无援，即枉寻直尺。悲夫！是国之宝也，而颠倒错乱若是。岂无志士，曷不急起直追，取法意大利之三杰，而犹徘徊因循，岂待穷途日暮而后奋博（搏）浪之椎，效韩安之狙？须知世杰、秀夫不得回珠崖之飓，哥修士哥不获续波兰之祀，所谓青年爱国者何如？尝试论之：夫读书至于感怀国难，决然远迈，方其浮海而东也，岂不慨然以天下为己任？及其足履目击，动魄刿心，未尝不握拳呼天，油然发其爱国之忱。其竟学而归，又未尝不思善用其所学，以利导我国家。虽然，我徒见其初而已，得志而后，能毋徇私营利，犯天下之大不韪者鲜为国宝者，咻咻乎不举其国而售之不止。即有一二英俊不谀之士，号呼奔走，而大厦将倾，固非一木所能支，且社会道德日益滔滔，庸庸者流引鸩自绝，而莫之止，虽欲不死得乎？窃以是窥其隐矣。游学生之不竟，何以故？以其内无所确持，外无所信约。人非生而知之，固将困而学之也。内无所持，故怯，故蔽，故易诱；外无所约，故贪，故谲，故披猖。怯则畏难而耽安，蔽则蒙利而蔑义，易诱则天真日泪，嗜欲日深，腐于内则溃其皮，丧其本，斯败其行。贪以求，谲以伎，放行无忌，万恶骈生，得志则祸天下，委伏则乱乡党，如水就下，不得其道则泛滥横溢，势也，不可得而御也。如之何则可，曰："疏其源，导其流，而水为民利矣。"我故曰："必内有所确持，外有所信约者，此疏导之法也。"庄生曰："内外楗。"朱子曰："内外交养。"皆是术也。确持奈何？言致其诚，习其勤，言诚自不欺，言动自夙兴，庄敬笃励，意趣神明，志足以自固，识足以自察，恒足以自立。若是乎，金石可穿，鬼神可格，物虽欲厉之，容可得乎！信约奈何？人之生地，必有严师友督饬之，而后能规划于善。圣人忧民生之无度也，为之礼乐以范之，伦常以约之。方今沧海横流之际，固非一二人之力可能排冀砥柱，必也集同志，严誓约，明气节，革弊俗，积之深，而后发之大，众志成城，而后可以有为于天下。若是乎，虽欲为不善，而势有所不能，而况益之以内养之功，光明灿烂，蔚为世表，贤者尽其才，而不肖者止于无咎，拨乾反正，雪耻振威，其在斯乎？其在斯乎？或曰："子言之易钦，行子之大者有之而未成也，奈何？"然则必其持之未确也，约之未信也，偏于内则俭，骜于外则素，世有英彦，必证吾言。况今日之世，内忧外患，志士贲兴，所谓时势造英雄也。时乎时乎，国运以苟延也今日，作波韩之续也今日，而今日之事，吾属青年实负其责，勿以地大物博妄自夸诞，往者不可追，来者犹可谏。夫朝野之醉生梦死，固足自亡绝，而况他人之鱼肉我耶？志摩满怀凄怆，不觉其言之冗而气之激，瞻彼弁髦，恕如搞分，有不得一吐其愚以商榷于我诸先进之前也。摩少鄙，不知世界之大，感社会之恶流，几何不丧其所操，而入醉生梦死之途，此其自为悲怜不暇，故益自奋勉，将恫恫幅幅，致其

忠诚，以践今日之言。幸而有成，亦所以答诸先生期望之
心于万一也。

八月三十一日，徐志摩在太平洋舟中记。

这是少年徐志摩初出国门时的心情！爱国之心溢于言表，在
文章上、在思想上都可以看出梁任公先生的影响。这时候志摩是
刚刚拜在任公先生门下，他对任公先生是极为崇拜的。老实讲，
那一时代的青年，谁又不崇拜任公先生？我把这一篇文章全部引
录在此，因为这是青年徐志摩的最好的一幅自画像，而一般谈论
徐志摩的人往往忽略了这一段。

志摩的原籍浙江硖石，是一个镇，在沪杭铁路线上。我每次
乘车经过那里，只看见车站的背景有一段矮矮的乱石堆砌的山，
似乎没有什么风景。我曾想，诗人从小居留的地方一定也有异于
寻常的特点。"怪底诗思清澈骨，门对寒流雪满山。"好像是咏叹
岑嘉州的句子，志摩的生身地谅必也风景不恶。我曾屡次对志摩
提议，什么时候得便陪我们到硖石一游，他很欣然应诺，但是始
终没有实践诺言。志摩是个慷慨好客的人，我们大家都忙，如果
催他一下，他一定会约我们去小作勾留，也许那地方无甚可观，
所以就提不起兴趣。《志摩日记》第一三七页有这样一段：

　　首次在沪杭道上看见黄熟的稻田与错落的村舍，在一碧无际的天空下静着，不由得思想上感到一种解放：何妨赤了足，做个乡下人去，我自己想。但这暂时是做不到的，将来也许真有"退隐"的那一天。现在重要的事情是，前面说过的养字，对人对己的尽职，我身体也不见佳，像这样下去绝没有余力可以做事，我着实有了觉悟，此去乡下，我想找点儿事做。我家后面那园，现在糟得不堪，我想去收拾它，好在有老高与家麟帮忙，每天花它至少两个钟头，不是自己动手就督饬他们干净那块地，爱种什么就种什么，明年春天可以看自己手种的花，明年秋天也许可以吃到自己手植的果，那不有意思？

　　家后面还有偌大的园，想来是一个颇为富有的大宅子。志摩是希望将来有一天"退隐"到家园里来，写这日记时不过是偶然兴起"田园将芜"之思罢了。

　　志摩的尊君申如先生，我曾见过几次。记得有一天，志摩告诉我："喂，实秋，望平街一家素菜馆的'翡翠饭'可真好吃，明天午间我请你去尝一尝。"我第二天去了。

　　遇见徐老先生，在座的有张家的几位先生小姐。徐先生胖胖的一位老者，头上没有几根发，花白色的，下巴也是很大，浑身肌肉有些松懈，尤其是腹部有些下垂，是典型的一位旧式的商业中人。好像他是茹素的。据说他在上海开设着票庄银号，在营业上颇为成功。

一个人的性格品质以及在行为上的作风，与他的出身和门第是有相当关系的。例如，我们另外有一位朋友，风流潇洒，聪颖过人，受过最好的西方教育，英文造诣特佳，照理讲他应该能成为一个有成就的学者或文人，但是他爱慕的是虚荣和享受，一心地想要猎官，尤其是外交官，后来虽然如愿以偿，可是终归一蹶不振，蹭蹬无闻。据有资格批评他的一个人说，这一部分应该归咎于他的家世，良好的教育未能改变他的庸俗的品质。他家在一个巨埠开设着一爿老牌的酱园。我不相信一个人的家世必能规范他的人格，但是我也不能否认家庭环境与气氛对一个人的若干影响。志摩出自一个富裕的商人之家，没有受过现实的生活的煎熬，一方面可说是他的幸运，因为他无须为稻粱谋，他可以充分地把时间用在他所要致力的事情上去，另一方面也可说是不幸，因为他容易忽略生活的现实面，对于人世的艰难困苦不易有直接深刻的体验。《志摩日记》一九一八年十月十一日有这样的一段：

与适之、经农，步行去民厚里一二一号访沫若，久觅始得其居。沫若自应门，手抱褴褛儿，跣足，敝服（旧学

生服），状殊憔悴，然度额宽颐，怡和可识。入门时有客
在，中有田汉，亦抱小儿，转顾间已出门引去，仅记其面
狭长。沫若居至隘，陈设亦杂，小孩羼杂其间，倾倒须父
抚慰，涕泗亦须父揩拭，皆不能说华语；厨下木屐声卓卓
可闻，大约即其日妇。坐定寒暄已，仿吾亦下楼，殊不话
谈，适之虽勉寻话端以济枯窘，而主客似有冰结，移时不
涣。沫若时含笑睇视，不识何意。经农竟嗫不吐一字，实
亦无从启端。五时半辞出，适之亦甚讶此会之窘，云上次
有达夫时，其居亦稍整洁，谈话亦较融洽。然以四手而维
持一日刊，一月刊，一季刊，其情况必不甚愉适，且其生
计亦不裕，或竟窘，无怪以狂叛自居。

　　创造社等人的生活状况，和志摩的真是一个强烈的对比。这
湫隘的住处，我也在一九二一年左右去过。民厚里是在哈同路，
有民厚南里民厚北里，里内支弄甚多，纵横通达，一律是一楼一
底房，是上海标准的上等贫民窟，的确是很难寻觅其门。我记得
有一年暑假，我初访其处，那情形和志摩所描写的一模一样，只
是创造社的几位作者均在，坚留午餐，一日妇曳花布和服，捧上
一巨盆菜，内容是辣椒炒黄豆芽，真正是食无兼味，当天晚上以
宴我为名到四马路会宾楼狂吃豪饮，宾主尽醉，照例地由泰东书

局的老板赵南公付账。困苦的生活所培养出来的一股"狂叛"的精神，是很可惜的，但是席丰履厚的生活所育煦出来的那种对"梦想的神圣境界"之追求，又何曾是健全的态度？二者都是极端，所以我说成一强烈的对比。

有人说志摩是纨绔子，我觉得这是不公道的。他专门学的学科最初是社会学，有人说后来他在英国学的是经济，无论如何，他在国文、英文方面的根底是很结实的。他对国学有很丰富的知识，旧书似乎读过不少，他行文时之典雅丰赡即是明证。他读西方文学作品，在文字的了解方面没有问题，口说亦能达意。在语言文字方面能有如此把握，这说明他是下过功夫的。一个纨绔子能做得到吗？志摩在几年之内发表了那么多的著作，有诗，有小说，有散文，有戏剧，有翻译，没有一种形式他没尝试过，没有一回尝试他没有出众的表现。这样辛勤的写作，一个纨绔子能做得到吗？志摩的生活态度，浪漫而不颓废。他喜欢喝酒，颇能划拳，而从没有醉过；他喜欢抽烟，有方便的烟枪烟膏，而他没有成为瘾君子；他喜欢年轻的女人，有时也跳舞，有时也涉足花丛，但是他没有在这里面沉溺。游山逛水是他的嗜好。他的朋友大部分是一时俊彦，他谈论的常是人生哲理或生活艺术。他给梁任公先生做门生，与胡适之先生为腻友，为泰戈尔做通译，一个纨绔子能做得到吗？总之，平心而论，他的优裕的家境并不曾糟踢了他，相反的，他的文学上的成就，倒可以说是一部分得力于他的家境。至于他的整个思想的趋势是否健全，他的为人态度是否严肃，那是另一问题了。

四

我数十年来奔走四方，遇见的人也不算少，但是还没见到一个比徐志摩更讨人欢喜。讨人欢喜不是一件容易事，须要出之自然，不是勉强造作出来的。必其人本身充实，有丰富的情感，有活泼的头脑，有敏锐的机智，有广泛的兴趣，有洋溢的生气，然后才能容光焕发，脚步矫健，然后才能引起别人的一团高兴。志摩在这一方面可以说是得天独厚。

一九二七年春，当时局势很乱，我和季淑方在新婚，匆匆由南京逃到上海。偕行的是余上沅夫妇。同时北平学界的朋友们因为环境的关系纷纷离开故都。上海成为比较安定的地方，很多人都集中在这地方。

"新月书店"便是在这情形下在上海成立的。"新月社"原是在北平创立的，是一种俱乐部的性质，是由一批银行界的开明人士及一些文人共同组织的，志摩当然是其中的主要分子，"新月"二字便是由泰戈尔诗集《新月集》套下来的。上海的新月书店和北平新月社，没有正式关联。新月书店的成立，当然是志摩奔走最力，邀集股本不过两千元左右，大股一百元，小股五十元，在环龙路环龙别墅租下一幢房屋。余上沅夫妇正苦无处居住，便住在楼上，名义是新月书店经理，楼下营业发行。当时主要业务是发刊《新月》杂志。参加业务的股东有胡适之先生、志摩、上沅、丁西林、叶公超、潘光旦、刘英士、罗努生、闻一多、饶子离、张禹九和我。胡先生当然是新月领袖，事实上志摩是新月的灵魂。我们这一群人，并无严密组织，亦无任何野心，只是一时际会，大家都多少有自由主义的倾向，不期然而然地聚集在一起而已。后来业务发展，便在西马路租下了铺面，正式经营出版业务，以张禹九为经理，我任编辑。

　　志摩的人缘好极了。胡适之先生在他死后为文纪念说："这十几天里，常有朋友到家里来，谈起来常常有人痛哭。在别处痛哭他的，一定还不少。志摩所以能使朋友这样哀念他，只因为他为人整个的只是一团同情心，只是一团爱。"叶公超先生说："他对于任何事，从未有过绝对的怨恨，甚至于无意中没有表示过一些憎嫉的神气。"陈通伯先生说："尤其朋友里缺不了他。他是我们的连索，他是黏着性的、发酵性的。在这七八年中，国内文艺界里起了不少的风波，吵了不少的架，许多很熟的朋友往往弄得不能见面；但我没有听见有人怨恨过志摩。谁也不能抵抗志摩的同情心，谁也不能避开他的黏着性。他才是和事佬，他有无穷的同情，他总是朋友中间的'连索'。他从没有疑心，他从不会妒忌。他使这些多疑善妒的人们十分惭愧，又十分羡慕。"这几位先生的见证都是非常恰当的。

我记得，在一九二八、一九二九年之际，我们常于每星期六晚在胡适之先生极斯菲尔路寓所聚餐。胡先生也是一个生龙活虎一般的人，但于和蔼中寓有严肃，真正一团和气使四座并欢的是志摩。他有时迟到，举座奄奄无生气，他一赶到，像一旋风卷来，横扫四座，又像是一把火炬把每个人的心都点燃，他有说，有笑，有表情，有动作，至不济也要在这个的肩上拍一下，那一个的脸上摸一把，不是腋下夹着一卷有趣的书报，便是袋里藏着一扎有趣的信札，传示四座，弄得大家都欢喜不置。他的这种讨人欢喜的风度常使我忆起《世说新语》里所记载的王导：

　　王丞相拜扬州，宾客数百人并加沾接，人人有说色。唯有临海一客姓任及数胡人为未洽。公因便还到任边，云："君出，临海便无复人。"任大喜说。因过胡人前，弹指云："兰阇，兰阇。"群胡同笑，四座并欢。

照顾宾客，使无一人向隅，这是精力充沛的表现。怪不得志摩到处受人欢迎。志摩有六朝人的潇洒，而无其怪诞。

《新月》杂志初办时，志摩过于热心，有时不免在手续上不大讲究，令人觉得他是在独断独行，颇引起一部分同仁不满。其实他是毫无成见的。日子久了，接触多了，彼此之间的冰冷与误会都被他的热情给融化了。新月同仁一直和谐无间，从没有过什么争执，一直到后来大家都离开上海以至无疾而终，大部分要归功于志摩的发生"连索"效用。

有一天志摩到我的霞飞路寓所来看我，看到桌上有散乱的围棋残局，便要求和我对弈。他的棋力比我高，下子飞快，撒豆成兵一般，常使我穷于应付，下至中盘，大势已定，他便托故离席，不计胜负。我不能不佩服他的雅量。他很少下棋，但以他的天资，我想他很容易成为此道中的高手。至少他的风度好。

志摩好动，他闲不得。有一天已夜晚十一时许，他乘兴来看我。只见门外的百叶长窗虚掩着，灯光自隙间外露，他想吓我一跳，突然把门拉开，大叫一声，拔腿便跑。据他说原来是他看到了有两个不相识的年轻人（一男一女）从一只单人沙发上受惊跃起。这时候我早已在楼上睡了。受惊的是楼下的一对，但是更受惊的该是志摩自己。他心头突突跳，信步走到我家附近的另一位单身朋友家。他从后门闪入，径自登楼，一看寝室里黑黝黝，心想这家伙睡了，来吓他一下，顺手把门框上电灯开关一拧，不觉又失声大叫，原来床上不仅是一个人在睡。这一惊非同小可，跟跄下楼，一口气跑回家，乖乖地自己去睡了。这件事他从未对外声张，只是事后悄悄地告诉了我，他说："以后我再也不敢在黑夜闯进人家去了。"我叙述这一件故事，以见其人之风趣之一斑。

一九二八年十二月，志摩欧游前一日给林语堂先生写白居易《新丰折臂翁》。林先生于一九三六年正月十三日跋云："志摩，情才，亦一奇才也，以诗著，更以散文著。吾于白话诗念不下去，独于志摩诗念得下去。其散文尤奇，运句措辞，得力于传奇，而参任西洋语句，了无痕迹。然知之者皆谓其人尤奇。志摩与余善，亦与人无不善，其说话爽，多出于狂叫暴跳之间，乍愁乍喜，愁则天崩地裂，喜则叱咤风云，自为天地自如。不但目之所痛，且耳之所过，皆非真物之状，而志摩心中之所幻想之状而已。故此人尚游，疑神、疑鬼，尝闻黄莺惊跳起来，曰：'此雪莱之夜莺也。'"志摩的字颇娟秀，有时酷似郑孝胥。林语堂先生的描写亦颇传神。凡知志摩者，盖无不有一深刻之印象。

五

徐志摩是一个彻底的浪漫主义者。

胡适之先生对于徐志摩的总评是不错的。胡先生说："他的人生观真是一种'单纯信仰'，这里面只有三个，一个是爱，一个是自由，一个是美。他梦想这三个理想的条件能够会合在一个人生里，这是他的单纯信仰。他的一生的历史，只是他追求这个'单纯信仰'的实现的历史。"不过，"三个追求，一个是爱，一个是自由，一个是美"的"单纯信仰"，如果真正地恰如其分地加以解释，其内容并不简单。所谓爱，那是广大无边的，耶稣上十字架是为了爱，圣佛兰亚斯对鸟说教也是为了爱，中古骑士为他的情人而赴汤蹈火也是为了爱。爱的对象、方式、意义，可能有许多的分别。至于自由，最高贵的莫过于内心的选择的意志自由，最普通的是免于束缚的生活上的自由，放浪形骸之外而高呼"礼教岂为我辈设哉！"那也是企求自由。讲到美，一只匀称的希腊古瓶是美，蒙娜丽莎的微笑也是美，山谷间刈谷者的歌唱是美，平原上拾穗者的佝偻着的身子也是美，乃至于一个字的声音，一朵花的姿态，一滴露水的闪亮，无一不是美。"爱、自由、美"所包括的东西太多，内涵太富，意义太复杂，所以也可说是太隐晦太含糊，令人捉摸不定。志摩的单纯信仰，据我看，不是"爱、自由与美"三个理想，而是"爱、自由与美"三个条件混合在一起的一个理想，而这一个理想的实现便是对于一个美妇人的追求。不要误会，以为我是指志摩为沉溺于"诗、酒、妇人"的颓废派，不，任谁也可以看出志摩不是颓废的享受者。他喜欢享受，可是谁又不喜欢享受？志摩在实际生活上的享受是正常的，并不超越常轨，也不逸出他的身份。他于享受之外，还要求一点点什么，无以名之，名之为"理想"。那理想究竟是什么，能不能加一分析呢？志摩曾把自己一剖再剖，但始终没有剖析到他自己所那样珍视的理想。我们客观地看，无所文饰，亦无所顾忌，志摩的理想实际即等于是与他所爱的一个美貌女子自由的结合。

和一个心爱的美貌女子自由结合，乃是一个最平凡的希望，随便哪一个男子都有这样的想头。择偶、结婚、传宗接代，这是最平凡的事。但是，如果像志摩那样把这种追求与结合视为"生命之曙光，不世之荣业"那样的夸张，可就不平凡了。志摩的单纯信仰，换个说法，即是"浪漫的爱"。

浪漫的爱，有一最显著的特点，就是这爱永远处于可望而不可即的地步，永远存在于追求的状态中，永远被视为一种极圣洁、极高贵、极虚无缥缈的东西。一旦接触实际，真个的与这样一个心爱的美貌女子自由结合，幻想立刻破灭。原来的爱变成了恨，原来的自由变成了束缚，于是从头来再开始追求心目中的"爱、自由与美"。这样周而复始地两次三番演下去，以至于死。在西洋浪漫派的文学家里，有不少这种"浪漫的爱"的实例。雪莱、拜伦、朋士（Burns）、Novaus乃至卢梭，都是一生追逐理想的爱的生活，而终于不可得。他们爱的不是某一个女人，他们爱的是他们自己内心中的理想。这样的人在英文叫作nympholept，勉强译作"狂想者"。

梁任公先生真不愧为一个目光如炬的稳健的思想家。他于志摩、小曼结婚典礼中致严厉的训词，是不足为怪的，因为他在事前对于志摩已有诚挚的警告，他于一九二三年一月二日致函志摩：

其一，万不容以他人之苦痛，易自己之快乐。弟之此举其于弟将来之快乐能得与否，殆茫如捕风，然先已予多数人以无量之苦痛。

其二，恋爱神圣为今之少年所乐道。……兹事盖可遇而不可求。……况多情多感之人，其幻象起落鹘突，而得满足得宁帖也极难。所梦想之神圣境界恐终不可得，徒以烦恼终其身已耳。

呜呼，志摩，天下岂有圆满之宇宙？……当知吾侪以不求圆满为生活态度，斯可以领略生活之妙味矣。……若沉迷于不可必得之梦境，挫折数次，生意尽矣。郁悒侘傺以死，死为无名。死犹可也，最可畏者，不死不生而堕落至不复能自拔。呜呼，志摩，可无惧耶？可无惧耶？

任公先生的话是对的。事实证明他不幸而言中。但当时对于浪漫的爱之追求者，是听不入耳的。志摩的回答是："我之甘冒世之不韪，竭全力以斗者，非特求免凶惨之苦痛，实求良心之安顿，求人格之确立，求灵魂之救度耳。……我将于茫茫人海中访我唯一灵魂之伴侣；得之，我幸；不得，我命。如此而已！""灵魂"之为物，本来就玄妙，再要找"灵魂之伴侣"，岂不难上加难？我们自然佩服志摩之真诚与勇气，但是我们亦不能轻易表示同情于一个人之追求镜花水月。一个人要有理想以为生活之鹄的，但是那理想需要慎加分析，是否在现实的世界里有实现之可能。把自己的生命和前途，寄托在对"爱、自由、美"的追求上，而"爱、自由、美"又由一个美貌女子来作为象征，无论如何是极不妥当的一种人生观。

若说志摩之憧憬自由仅限于爱情方面，显然是不合事实的。像一切浪漫主义者一样，志摩向往一切方式的自由。下面这一段话是他最好的自白：

是人没有不想飞的。老是在这地面上爬着够多厌烦，不说别的。飞出这圈子，飞出这圈子！到云端里去，到云端里去！哪个心里不成天千百遍地这么想飞上天空去浮着，看地球这弹丸在太空里滚着，从陆地看到海，从海再看回陆地。凌空去看一个明白——这才是做人的趣味，做

人的权威，做人的交代。这皮囊要是太重挪不动，就挪了
它，可能的话，飞出这圈子，飞出这圈子！

　　的确是，想飞是人人有的愿望。我小时候常做梦，一做梦就
是飞，一跺脚就离地一尺多高，再一扑通就过墙了，然后自由翱
翔在天空里，非常适意。有时在梦里飞不起来，飞到三四尺高就
掉下来，怎样挣扎也不中用，第二天早晨醒来便头痛欲裂。这样
想飞的梦，我足足做了有十年八年之久。虽说这只限于梦，虽说
这只是潜意识的活动，但也影响到我的思想。我译过巴利的《彼
得·潘》，是一部童话，也是只有成年人才能充分赏识的童话，
里面的那个永远长不大的孩子彼得·潘，真是令每一个成年人羡
煞而又愧煞的角色！这一部《波得·潘》撩起了我对童年和纯洁
天真的向往。其实哪一个人在人生的坎坷的路途上不有过颠簸？
哪一个不再憧憬那神圣的自由的快乐的境界？不过人生的路途就
是这个样子，抱怨没有用，逃避不可能，想飞也只是一个梦想。
人生是现实的，现实的人生还需要现实的方法去处理。偶然做个
白昼梦，想入非非，任想象去驰骋，获得一时的安慰，当然亦无
不可，但是这究竟只是一时有效的镇静剂，可以暂时止痛，但不
根本治疗。人生的路途，多少年来就这样地践踏出来了，人人都
循着这路途走，你说它是蔷薇之路也好，你说它是荆棘之路也

好，反正你得乖乖地把它走完。所以，想飞的念头尽管有，可是认真不得。如果真以为诗是有翅膀的，能把诗人带起到天空，海阔天空地俯瞰这乌烟瘴气的人世间，而且能长久地凭虚御空，逍遥于昊天之上，其结果一定是飞得越高，跌得越重，血淋淋地跌在人生现实的荆棘之上，像徐志摩那样！这也是一切浪漫诗人的公式，不独志摩为然。

梁任公先生说过，人生最快乐的事莫过把应尽的责任尽完。他揭橥"责任"二字为人生最重要的一件事，此事一毕，了无遗憾，真是一个最稳健的看法。浪漫主义者的看法，恰恰与此相反。伯朗宁有一首小诗，名为《至善之境》(Summum Bonum)，他说：

真理，比宝石还光亮，

信任，比珍珠还纯洁——

宇宙间最光亮最纯洁的信任——我认为

全存在于一个女人的亲吻里。

把一个女人的亲吻放在一切伦理价值之上，实在是一个最大胆的浪漫的夸张！志摩日记在一九二五年八月十九日记载着："须知真爱不是罪（就怕爱不真，做到真的绝对义才做到爱字）。

在必要时我们得以身殉，与烈士们爱国、宗教家殉道，同是一个意思。"同是一个意思"，也许是的，但是在伦理价值上能等量齐观吗？

　　浪漫的梦经不起现实的打击。志摩是一个绝顶聪明的人，并且不是一个没有胆量认错的人，所以他很快地承认了他的失败。胡适之先生曾指出下面一首《生活》的诗为他自承失败的证据：

　　　　阴沉，黑暗，毒蛇似的蜿蜒，

　　　　生活逼成了一条甬道：

　　　　一度陷入，你只可向前，

　　　　手扪索着冷壁的黏潮，

　　　　在妖魔的脏腑内挣扎，

　　　　头顶不见一线的天光，

　　　　这魂魄，在恐怖的压迫下，

　　　　除了消灭更有什么愿望？

　　这几行诗是纪实的，志摩临死前几年的生活确是濒临腐烂的边缘，不是一个敏感的诗人所能忍受的，所以他毅然决然地离开上海跑到北平。谁又想得到希望有"一个真的复活的机会"的人，竟根本丧掉了生命，永远不能得到机会呢？

六

志摩的作品，最大的成就是在新诗方面。他的第一部诗集《志摩的诗》，是他自己印的，中华书局出版，连史纸，中式线装，仿宋体的字，古色古香。以后几部诗集，《翡冷翠的一夜》《猛虎集》《云游》，都是在上海新月书店印的。《志摩的诗》最先出，也是比较弱的，以后的作品渐臻于成熟之境。

志摩有天生的诗人的气质。他对于生活的兴趣异常浓厚，他看见什么东西都觉得有意思，所以他的诗取材甚广。他爱都市，也爱乡野，喜欢享受物质文明，也喜欢徜徉于山水之间，他描写丑陋的。他常常流连在象牙之塔里，但是对社会政治也偶然有正义的流露。这是最好的诗人气质，能这样才能充实，"充实之谓美"。

志摩的诗之异于他人者，在于他的丰富的情感之中带着一股不可抵拒的"媚"。这妩媚，不可形容，你不会觉不到，它直诉诸你的灵府。从表面上看，这妩媚的来源可能是他的文字运用之巧妙。陆小曼说："他的诗比一般的来得俏皮，真是像活的一样，字用得特别美，神仙似的句子，叫人看了神往，忘却人间有烟火气。"这话是对的，我还嫌不够。志摩的诗是他整个人格的表现，他把全副精神都注入了一行行的诗句里，所以我们觉得在他诗的字里行间有一个生龙活虎的人在跳动，他的音容、声调、呼吸，都历历如在目前。他的诗不是冷冰冰的雕琢过的大理石，是有情感的热烘烘的曼妙的音乐。他平常说话就是惯用亲昵的热情的腔调，所以笔底下也是一派撩人的妩媚。

再别康桥

轻轻的我走了，
正如我轻轻的来；
我轻轻的招手，
作别西天的云彩。

那河畔的金柳，
是夕阳中的新娘；
波光里的艳影，
在我的心头荡漾。

软泥上的青荇，
油油的在水底招摇；
在康河的柔波里，

我甘心做一条水草!

那榆荫下的一潭，

不是清泉，是天上虹，

揉碎在浮藻间，

沉淀着彩虹似的梦。

寻梦？撑一支长篙，

向青草更青处漫溯，

满载一船星辉，

在星辉斑斓里放歌。

但我不能放歌，

悄悄是别离的笙箫；

夏虫也为我沉默，

沉默是今晚的康桥!

悄悄的我走了，

正如我悄悄的来；

我挥一挥衣袖，

不带走一片云彩。

这一首诗是许多人所欣赏的。我的一位美国朋友Mr.
Edward Connynham 最近曾把此诗译为英文如下：

On Leaving Cambridge Again

Quietly I leave,

Just as I quietly came ;

I quietly wave,

Saying goodby to the bright clouds of the western sky.

The river banks golden willows,

Like brides in a setting sun ;

Beautiful shadows in bright waves,

Waving in my heart.

The soft mud's green grasses,

Bright green, waving on the river bottom ;

Would I were a blade of water grass,

In the river Cam's gentle waves.

That lake under the elm shadow,

Not a clear fountain but a rainbow in heaven,

Twisted into floating weeds,

Precipitating rainbow dreams.

Dream searching ?   Push a long boat pole,

Upstream towards green grass and an even greener place,

A boat filled with starlight,

Let loose a song midst pointed starlight.

But I can not sing,

It is quiet like a parting Hsiao ;

The Summer insects are also quiet for me,

Cambridge tonight is silent.

Quietly I leave,

Just as I quietly came ;

My sleeves are waving,

Not taking away a single cloud.

志摩的诗之另一特点是，在白话中夹杂着不少文言的辞藻。姑以大家习知的《康桥再会吧》一诗为例，里面就有这样多的字眼："浪迹""渺茫明灭""理悟归家""枉费无补""钧天妙乐""燕子归来""新秋凉绪""纤道西回""星明有福""素愿竟酬""爬梳洗涤""沐日月光辉""哺啜古今不朽""鱼跃虫嘶""长垣短堞""黛薄荼青""轻柔瞑色""垂柳婆娑""寸芥残垣""临行怫怫""谎言"等等。有人也许以为这是毛病，白话诗里何以要羼入这样多的文言辞藻？我倒不这样想。我以为，中国人以中国文字写诗，不可能完全摒弃前人留下的美妙的辞藻。白话诗和文言的旧诗，不可能有个一刀两断的分界线。须知白话里面也有成色之分，"引车卖浆"之流有他们的白话，缙绅大夫也有他们的白话。各人教育程度不同，所使用的白话就有不同的辞藻。我并不要在其间强分优劣。有时候使用粗浅的口语颇能传神，有时候要使用较雅驯的词句方能适当地表达意境。诗人手段高强，便能推陈出新，他有撷取文言辞藻的自由。一味地使用粗浅的口语，并不一定就是成功的作品的保证。志摩使用文言辞藻，我们不嫌其陈腐，因为他善于运用，他的国文有根底，有那么多的辞藻供他驱使，新词旧语，无往不宜。当然，他也有很多诗篇，完全是使用较浅近的口语的。

有一首诗我特别喜欢，我曾在这首诗初在《新月》发表时告诉志摩，他表示惊讶，也许是因为他自以为这不是得意之作，这首诗题目是《这年头活着不易》：

昨天我冒着大雨到烟霞岭下访桂；

南高峰在烟霞中不见，

在一家松茅铺的屋檐前我停步，

问一个村姑今年

翁家山的桂花有没有去年开得媚。

那村姑先对着我身上细细地端详；

活像只羽毛浸瘪了的鸟，

我心想，她定觉得蹊跷，

在这大雨天单身走远道，

倒来没来头地问桂花今年香不香。

"客人，你运气不好，来得太迟又太早；

这里就是有名的满家弄，

往年这时候到处香得凶，

这几天连绵的雨，外加风，

弄得这稀糟，今年的早桂就算完了。"

果然这桂子林也不能给我点子欢喜；

枝上只见焦萎的细蕊，

看着凄惨，唉，无妄的灾！

为什么这到处是憔悴？

这年头活着不易！这年头活着不易！

据志摩讲，他到满家弄访桂，原意是希望在那漫山的桂林当中拣一个路边的茶座坐下，吃一碗新鲜桂花煮的新鲜栗子汤——闷热的、喷香的、甜滋滋的栗子汤！没想到扑个空，感而赋此。感觉是人生凋敝，世事纷纭，真可说是"人犹如此，木何以堪"了。这首诗末尾带着一点子悲观气味，容易令人联想起哈代（Thomas Hardy）的特有的作风，就是诗的形式和那平易的语调，也都颇似哈代。是的，志摩受哈代的影响很大，他曾在英国访问过这位诗翁，也曾译过他的若干首短诗。哈代的小诗常常是一个小小的情节，平平淡淡，在结尾处缀上一个悲观的讽刺。这是哈代的独特的作风，志摩颇能得其神韵。志摩说："老头难得让他的思想往光亮处转"，即是指哈代的悲观。《新月》月刊第一期，有志摩介绍哈代的文章及译哈代诗。

另一个人多少影响到志摩的诗，是泰戈尔。这一个老人是印度人，爱和平，爱山水，带着宗教的神秘的气息，于第一次大战后大家诅咒西方物质文明声中，卓然成为一个角色。他在一九二四年四月里到中国来，到各处讲演，颇极一时之盛，尤其是在北平天坛开的欢迎会。当时曾有人做如下之记载：

> 林小姐（徽因）人艳如花，和老诗人挟臂而行，加上长袍白面郊寒岛瘦的徐志摩，有如苍松竹梅的一幅三友图。徐氏在翻译泰戈尔的英语演说，用了中国语汇中最美的修辞，以硖石官话出之，便是一首首的小诗，飞瀑流泉，琮琮可听。（吴咏《天坛史话》）

泰戈尔的思想在中国没有留下影响，在文学方面，他的散文诗以及自由诗之类倒是引起了一些人的注意。志摩的第一部诗集里面有若干首或者是受泰戈尔影响的。不过，新月社的命名，无疑的是由泰戈尔的诗集的暗示。志摩在上海的寓所三楼亭子间有一精舍，屋里没有桌椅，只是地上铺着厚厚的毯子，有几个软靠枕，据说这是印度式，进门即可随意在地上翻滚，别有情趣。这也许是受泰戈尔的影响吧？

七

志摩死了，至今没有人给他编印全集，我认为这是一件非常可惜的事，陆小曼在《志摩日记·序》里说：

> 十年前当我同家璧一起在收集他的文稿准备编印全集时，有一次我在梦中好像见到他，他便叫我不要太高兴，全集绝不是像你想象般容易出版的，不等九年十年绝不会实现。我醒后，真不信他的话，我屈指算来，全集一定会在几个月内出书。谁知后来固（果）然受到了意想不到的打击。一年一年地过去，到今年整整的十年了，他到五十了，全集还是没有影儿，叫我说什么？怪谁？怨谁？

这是一九四七年写的。至今又已十多年了，全集还没影儿！小曼所说到的"意想不到的打击"，我们不知究何所指。已出版的作品编印为全集，应该没有什么困难。未刊行的作品以及书信之类的搜集，可能有困难，但这困难似乎应该没有什么不可克服的道理。况且全集不一定要"全"，以后还可陆续地补。这"意想不到的打击"究竟是什么呢？何以小曼要发出"怨谁？怪谁？"的感叹呢？听说，志摩有一大堆文字在林徽因手里，又有一大堆在另外一位手里，两方面都拒不肯交出，因此"全集"的事延搁下来。我不知道这传说是否正确。总之，志摩全集没有印出来，凡是他的朋友都有一份责任。

台北坊间出现的《志摩诗文选集》一共十一册，割裂凌乱，一部分影印的尚无错误，一部分新排的则错误太多，最不可原谅的是任意编排而冠以新的书名，每册有编者写的甚不高明的序文，尤为可厌。

我这一篇小文，既不是传记，也不是评论，只是一篇拉杂的回忆而已。

《徐志摩年谱》里录了若干悼志摩的挽联，一并录后：

考史诗所载，沈湘捉月，文人横死，各有伤心。尔本超然，岂期邂逅罡风，亦遭惨劫！

自襁褓以来，求学从师，夫妇保持，最怜独子。母今逝矣，忍使凄凉老父，重赋招魂？

——徐申如

万里快鹏飞，独憾翳云遽失路；

一朝惊鹤化，我怜弱息去招魂。

——张幼仪

红妆齐下泪，青鬓早成名，最怜落拓奇才，遗爱新诗双不朽；

小别竟千秋，高谈犹昨日，凭吊飘零词客，天荒地老独飞还。

——杨杏佛（铨）

太息浮生同落叶，

本来才调是飞仙。

——郑午昌（昶）

新诗传宇宙，竟尔乘风归去，同学同庚，老友如君先宿草；

华表托精灵，何当化鹤重来，一生一死，深闺有妇赋招魂。

两卷新诗，廿年旧友，相逢同时天涯，只为佳人难再得；

一声河满，九点齐烟，化鹤重归华表，应愁高处不胜寒。

——郁达夫

有志竟成，藉其声名蜚北海；

斯文将丧，褱然冠冕毁南州。

——朱丹九（起凤）

归神于九霄之间，直看噫籁成诗，更忆招花微花貌；

北来无三日不见，已诺为余编剧，谁怜推枕失声时。

——梅兰芳

独创新吟，奇死亦饶诗意；

雄飞失坠，阴霾竟葬青年。

——汪亚尘

粉碎向虚空，昆山真炼成并尽；

文章憎命达，云鹏应悔不高飞。

——叶恭绰

器利国滋昏，事同无定河边；

虾种横行，壮志奈何齐粉化。

文章交有道，忆到南皮宴上；

龙头先去，新诗至竟结缘难。

——章士钊

豪情跌宕，文采风流，新月新诗广陵散；

逸兴遄飞，黄泉碧落，奇人奇死破天荒。

——钱新之（永铭）

叹君风度比行云，来也飘飘，去也飘飘；

嗟我哀歌吊诗魂，风何凄凄，雨何凄凄。

——李惟建　黄庐隐

继往开来，卷帙永留人世；

瞻前顾后，诗魂常绕泰山。

——何家槐

数年相知，情同手足；

刹那惨别，痛彻肺腑！

——张欣海

温柔诚挚，乃朋友中朋友；

纯洁天真，是诗人中诗人。

——韩湘眉

忆沈从文

一九六八年六月九日某报方块文章井心先生记载着："以写作手法新颖，自成一格……的作者沈从文，"接着又说："他出身行伍，而以文章闻名；自称小兵，而面目姣好如女子，说话、态度尔雅、温文……""他写得一手娟秀的《灵飞经》……"这几句话描写得确切而生动，使我想起沈从文其人。

我现在先发表他一封信，大概是民国十九年间他在上海时候写给我的。信的内容没有什么可注意的，但是几个字写得很挺拔而俏丽。他最初以"休芸芸"的笔名向《晨报副镌》投稿时，用细尖钢笔写的稿子就非常地出色，徐志摩因此到处揄扬他。后来他写《阿丽丝中国游记》分期刊登《新月》，我才有机会看到他的笔迹，果然是秀劲不凡。

从文虽然笔下洋洋洒洒，却不健谈，见了人总是低着头羞答答的，说话也是细声细气。关于他"出身行伍"的事，他从不多谈。他在民国十九年三月写过一篇《从文自序》，关于此点有清楚的交代。他说：

> 因为生长地方为清时屯戍重镇，绿营制度到近年尚依然存在，故于过去祖父曾入军籍，做过一次镇守使，现在兄弟及父亲皆仍在军籍中做中级军官。因地方极其偏僻，与苗民杂处聚居，教育文化皆极低落，故长于其环境中的我，幼小时显出生命的那一面，是放荡与诡诈。十二岁我曾受过关于军事的基本训练，十五岁时随军外出，曾做上士。后到沅州，为一城区屠宰收税员，不久又以书记名义，随某剿匪部队在川、湘、鄂、黔四省边上过放纵、野蛮约三年。因身体衰弱，年龄渐长，从各样生活中养成了默想与体会人生趣味的习惯，对于过去生活有所怀疑，渐觉有努力位置自己在一陌生事业上之必要。因这憧憬的要求，糊糊涂涂地到了北京。

这便是他早年从军经过的自白。

由于徐志摩的吹嘘，胡适之先生请他到中国公学教国文，这是一件极不寻常的事，因为一个没有正常的适当的学历、资历的青年而能被人赏识于牝牡骊黄之外，是很不容易的。从文初登讲坛，怯场是意中事。据他自己说，上课之前做了充分准备，以为资料足供一小时使用而有余，不料面对黑压压一片人头，三言两语地就把要说的话都说完了，剩下许多时间非得临时编造不可，否则就要冷场，这使他颇为受窘。一位教师不善言辞，不算是太大的短处，但若是没有足够的学识，便难获得大家的敬服。因此之故，从文虽然不是顶会说话的人，仍不失为成功的受欢迎的教师。记问之学不足以为人师，需要有启发别人的力量才不愧为人师。在这一点上从文有他独到之处，因为他有丰富的人生经验和好学深思的性格。

在中国公学一段时间，他最大的收获大概是他的婚姻问题的解决。英语系的女生张兆和女士是一个聪明用功而且秉性端庄的小姐，她的家世很好，多才多艺的张充和女士便是她的胞姊。从文因授课的关系认识了她，而且一见钟情。凡是沉默寡言笑的人，一旦堕入情网，时常是一往情深，一发而不可收拾。从文尽管颠倒，但是没有得到对方青睐。他有一次急得想要跳楼。他本有流鼻血的毛病，几番挫折之后，苍白的面孔愈发苍白了。他会写信，以纸笔代喉舌。张小姐实在被缠不过，而且师生恋爱声张开来也是令人很窘的，于是有一天，她带着一大包从文写给她的信去谒见胡校长，请他做主制止这一扰人举动的发展。她指出了信中这样的一句话："我不仅爱你的灵魂，我也要你的肉体。"她认为这是侮辱。胡先生皱着眉头，板着面孔，细心听她陈述，然后绽出一丝笑容，温和地对她说："我劝你嫁给他。"张女士吃一惊，但是禁不住胡先生诚恳的解说，居然急转直下默不作声地去了。胡先生曾自诩善于为人作伐，从文的婚事得谐便是他常常乐道的一例。

在青岛大学，从文教国文，大约一年多就随杨振声（今甫）先生离开青岛到北平居住。今甫到了夏季就搬到颐和园赁屋消暑，和他做伴的是一位干女儿，自称过的是帝王生活，优哉游哉地享受那园中的风光湖色。此时从文给今甫做帮手，编中学国文教科书，所以也常常在颐和园出出进进。书编得很精彩，偏重于趣味。可惜不久抗战军兴，书甫编竣，已不合时代需要，故从未印行。

从文一方面很有修养，一方面也很孤僻，不失为一个特立独行之士。像这样不肯随波逐流的人，他的作品有四十几种，可谓多产，文笔略带欧化语气，大约是受了阅读翻译文学作品的影响。

此文写过，又不敢相信报纸的消息，故未发表。读聂华苓女士作《沈从文评传》（英文本，一九七二年纽约Twayne Publishers出版），果然好像从文尚在人间。人的生死可以随便传来传去，真是人间何世！

一九七三年六月二十日西雅图

关于老舍

最近我到美国去，无意中看到我的女儿文蔷收藏的一个小册，其中有一页是老舍的题字。这是四十多年前的事了，当时老舍和我都住在四川北碚。老舍先是住在林语堂先生所有的一栋小洋房的楼上靠近楼梯的一小间房屋，房间很小，一床一桌，才可容身。他独自一人，以写作自遣。有一次我问他写小说进度如何，他说每天写上七百字，不多写。他身体不大好，患胃下垂，走路微微有些佝偻着腰，脸上显着苍老。他写作的态度十分严谨，一天七百字不是随便写出来的。他后来自己说："什么字都要想好久。"他的楼下住着老向一家，但是他们彼此往来并不太繁。老舍为人和蔼可亲，平易近人，但是内心却很孤独。

后来老舍搬离了那个地方，搬到马路边的一排平房中的一间，我记得那一排平房中赵清阁住过其中的另一间，李辰冬夫妇也住过另一间。这个地方离我的雅舍很近，所以我和老舍见面的机会较多。有一天我带着文蔷去看他，文蔷那时候就读沙坪坝南开中学初中，还是十来岁的小孩子。请人签名题字是年轻学生们的习气。老舍欣然提笔，为她写下"身体强学问好才是最好的公民"十三个字。虽然是泛泛的鼓励后进的话，但也可以看出老舍之朴实无华的亲切的态度。他深知"身体强"的重要性。

在这个时候，老舍得了急性盲肠炎。当时罹盲肠炎的人很多，在朋友中我首开纪录。由于当时缺乏消炎药剂，我两度剖腹，几濒于危，住院一个多月才被抬回雅舍休养。老舍步我后尘，开刀也不顺利，据赵清阁传来消息，打开腹腔之后遍寻盲肠不得，足足花了个把钟头，才在腹腔左边找到，普通盲肠都在右边，老舍由于胃下垂之故，盲肠换了位置。行手术后，他的身体益发虚弱了。

抗战初，老舍和我一样，只身出走到后方，家眷由济南送到北平。他写信给朋友说："妻小没办法出来，我得向他们告别，我是家长，现在得把他们交给命运。"后来我曾问其夫人近况，他故作镇定地说："她的情况很好，现服务于一所民众图书馆——就是中央公园里那个'五色土'的后面的那座大楼。"事实上，抗战到了末期的时候北平居民生活非常困苦，几近无以为生的地步。不久，老舍的夫人胡絜青女士来到了后方，在北碚住了不久便和老舍搬走，好像是搬到重庆附近什么乡下去了。他离去不久有一封信给我，附近作律诗六首（见附录）。诗写得不错，可以从而窥见他的心情，他自叹中年喜静，无钱买酒，半老无官，文章为命，一派江湖流浪人的写照！

老舍生于光绪二十四年腊月二十三日（西历1899年2月3日），正是糖瓜儿祭灶那一天。他本名舒庆春，旗人有名无姓，指名为姓，晚近多冠以汉姓，所以老舍到底原来是何姓氏，是不是姓舒，现无可考。对于老舍最有研究的胡金铨先生在他的《老舍和他的作品》一书中也说："舒字可能是排行……我们就暂定他姓舒。"我近阅崇彝著《道咸以来朝野杂记》（页四七），据说"满洲八大姓"之一是"舒穆鲁氏"，绎姓舒。可能老舍姓舒，绎自舒穆鲁，并不是名字之上冠以汉姓。这是我的猜测，无关宏旨。

老舍的出生地点，在《正红旗下》附录有详细的说明，是很有趣的。他出生"在一个顶小顶小的胡同里……一个很不体面的小院"，在西城护国寺附近的小杨家胡同（以前名为小羊圈，后嫌其不雅而改今名）。现在这小院的门牌是八号。这个"不见经传"的地方，在老舍笔下实际上已被描写过许多次，他告诉过我们："我们住的小胡同里，连轿车也进不来，一向不见经传"（《吐了一口气》），最窄处不过一米，最宽处不过一米半左右，唯因其不见经传，至今没有被拆掉，没有被铲平。"那里的住户都是赤贫的劳动人民，最贵重的东西不过是张大妈的结婚戒指（也许是白铜的），或李二嫂的一根银头簪。""在我还是个孩子的时候，我们的小胡同里……夏天佐饭的'菜'往往是盐拌小葱，冬天是腌白菜帮子，放点辣椒油。还有比我们更苦的，他们经常以酸豆汁度日。它是最便宜的东西，一两个铜板可以买很多。把所能找到的一点粮或菜叶子掺在里面，熬成稀粥，全家分而食之。从旧社会过来的卖苦力的朋友们都能证明，我说的一点不假！"（《勤俭持家》）在《正红旗下》里，特别是附录里，老舍诞生地的实在情形描写得更是详尽。我强调这个破落的大杂院，是要说明老舍出身是何等的清苦。

老舍是旗人。旗人就是满族人。清太祖时，士卒分编为八旗，以黄、白、红、蓝四旗为左翼，镶黄、镶白、镶红、镶蓝为右翼，是为满洲八旗。太宗时添设蒙古八旗、汉军八旗，扩大编制，攻占全国。满、蒙、汉旗兵共约二十八万人，拱卫京师，并分驻国内重要地区。最初旗人都是旗兵，后来繁衍日众，旗人不必是兵。但是朝廷优遇旗人，每口按月发放饷银。从此旗人成为特权阶级，养尊处优，生活安逸。清朝并不像元朝那样歧视汉人，元人以蒙古人为优先，色目人次之，汉人又次之，南人最下。清朝比较开明，虽然满人、汉人之间显然仍有轩轾。尤其是旗人领饷一事，造成民间不平的现象，养成旗人懒惰的恶习，最为失策。满洲人本是优秀的民族，八旗兵本是勇悍的战士，但是到清朝晚年，大部分旗人已经不能维持其优越的生活水准，不待辛亥革命全面停发饷银，旗人早已沦为穷困的阶级了。老舍笔下的北京贫民，正是当时典型的旗人。

在清朝晚年，北京的旗人、汉人已经在生活习惯上大体互相影响，有融为一体之势。民族间的创痕经过几百年时间的冲淡，已经不复成为严重的课题。不过旗人与汉人之间究竟还有一些不同的地方。例如：旗人礼貌特别周到，繁文缛节也特别多，旗礼比汉礼要多很多讲究。旗人说话也特别委婉含蓄，声调和缓而爽朗，不时地带着一点诙谐打趣的味道。在生活享受的艺术上，旗人也是高人一等，不分贫富，常能在最简陋的条件下获致最大的享受。诸如此类，不胜枚举。道地（地道）的北京人能很快地辨识谁是旗人谁是汉人。可见汉满之间的分别尚未尽泯，满人的民族意识还是存在的。老舍对于旗人，尤其是赤贫的旗人，就很关切。他这一部《正红旗下》便是以全副力量描写他自己的身世，也同时描写那一时代的旗人生活的状态。可惜的是他没写完。

一九六四年夏天老舍在河北密云县垙营大队住了约三个月。为什么老舍要到那地方去？是"劳动改造"？是"下放"？是自费旅游？是官方招待？我们不知道。老舍有一篇散文题名《下乡简记》，记他的垙营之旅，开头一段是这样的：

地点：密云县机关公社的坛营大队。坛营位于密云县城外东北，约五里。原因：为什么要到坛营去？因为这里有不少满汉旗人。在辛亥以前，满蒙旗人当兵吃粮为主要出路，往往是一人当兵，全家都吃那一份钱粮，生活很困难，赶到辛亥革命以后，旗兵钱粮停发，生活可就更困难了。旗兵只会骑马射箭，不会种地，没有手艺，钱粮一停，马上挨饿。他们的子弟呢，只有少数念过书，又不善于劳动，只有做一些小生意，往往连自己也养不活。原来，清朝皇帝对旗人的要求，就是只准报效朝廷，不许自谋生计，这就难怪他们不善于劳动了。辛亥革命呢，又有点笼统地仇视满人。这么一来，整整齐齐的坛营就慢慢地变成"叫花子营"了！有的人实在当无可当，卖无可卖，便拆毁了营房，卖了木料；有的甚至于卖儿卖女！拆、典、当、卖，死、走、逃、亡，悲惨万状。这里原有满蒙旗人两千户，是乾隆四十五年由北京调拨来的，担任皇帝到承德去避暑或狩猎的中途保护工作。到解放时，只剩下二百多户，都极穷困。因此，我要去看，他们今天是怎样活着呢。

老舍出生地小杨家胡同在北京城里，辇毂之下，在义和团时代即已堕落成那个样子，由北京调拨到密云县的坫营大队，情形还好得了吗？似乎不能怪辛亥革命之仇视满人。一大群人任事不做平白领饷，无论如何是说不过去的。清朝最初也不是完全不重视八旗的教养，《清会典》："八旗都统，满洲八人，蒙古八人，汉军八人……掌八旗之政令，稽其户口，经其教养，序其官爵，简其军赋……"二十四位都统，还有四十八位副都统，在"经其教养"方面究竟做了些什么事？据《清会典》事例："雍正七年议准，满洲蒙古，每参领下各设学舍一所，十二岁以上幼丁均准入学"，是为"八旗义学"。又"顺治元年定，八旗各择官房一所，建为学舍，以教八旗子弟"，是为"八旗官学"。此外，八旗有公产，"不下数十万亩，详查八旗闲散人内，有正身情愿下乡种地者，上地给予一百亩，中地给予一百五十亩，下地给予二百亩，令携家口居乡耕种。初耕之年，量给牛种房屋之资"。又"雍正二年覆准，以二百余顷作为井田，将无产业之满洲蒙古汉军，共一百户，前往耕种，每户授田百亩，凡八百亩为私田，百亩为公田……设立村庄，盖土房四百间，给予种地人口粮耕牛籽种农具，以便耕种，并于八旗废官内拣选二人前往管理"。凡此种种法令设施，早年对于旗人福利之关切不可谓漫不经心，此后苟能本此精神认真办理，旗兵驻扎之地的后人应该不至于沦落为"叫花子营"。此则吾人读《正红旗下》之后，于表示同情之余，又不能不有的一番感慨。

老舍写《正红旗下》的真正主题，据胡絜青的说明，乃是"要告诉读者：清朝是怎样由'心儿里'烂掉的，满人是怎样向两极分化的，人民是怎样向反动派造反的，中国是一个何等可爱的由多民族组成的统一的大有希望的国家……"这一个伟大的主题，由于这部小说才写了一个开端便停止了，我们无法看到老舍怎样地去发挥。

老舍夫人胡絜青是一位画家，曾拜在齐白石门下，大笔纵横，饶有气魄，最近曾在香港展出她的作品，我看到她的精印的画册。

附印在文左她写了四个大字："健康是福"，我们不难从这四个字揣想她的心情，一个人能健康地活着便是幸福，这是人生起码的条件，然而也是很难得的理想啊！

我又在这里寻出老舍夫妇的一张照片，照片背面有胡絜青的题字，是一九六四年冬在老舍书桌旁所照。

附录

实秋兄：

　　北碚别后，想已康复健饭；天暑，千万珍重！在碚，友众酒香，返乡顿觉寂苦——此间唯鼠跳蛙鸣，略有声色耳！工作之余，以旧诗遣闷，已获数律。笔墨游戏；不计工拙，录呈乞政，或足当"清补"剂也。祝吉！

弟舍启

业雅先生祈代候！

久许文藻冰心兄登山奉访，
懒散至今，犹未践诺，诗以致歉

中年喜到故人家，挥汗频频索好茶！

且共儿童争饼饵，暂忘兵火贵桑麻；

酒多即醉临窗卧，诗短偏邀逐句夸！

欲去还留伤小别，门前指点月钩斜！

端午大雨，组缃兄邀饮

端午偏逢风雨狂，村童仍着旧衣裳。

相邀情重携蓑笠，敢为泥深恋草堂！

有客同心当骨肉，无钱买酒卖文章！

前年此会鱼三尺，不似今朝豆味香！

节日大雨，小江（组缃男孩）着新鞋来往，即跌泥中

小江脚短泥三尺，初试新鞋来去忙。

迎客门前吆小犬，学农室内种高粱。

偷尝糖果佯观壁，偶发文思乱画墙。

可惜阶苔着雨滑，仰天踬倒满身浆！

村居

茅屋风来夏似秋，日长竹影引清幽。

山前林木层层隐，雨后溪沟处处流。

偶得新诗书细字，每赊村酒润闲愁。

中年喜静非全懒，坐待鹃声午夜收！

半老无官诚快事，文章为命酒为魂！

深情每祝花长好，浅醉唯知诗至尊。

送雨风来吟柳岸，借书人去掩柴门。

庄生蝴蝶原游戏，茅屋孤灯照梦痕！

中年

中年无望返青春，且作江湖流浪人！

贪未亏心眉不锁，钱多买酒友相亲。

文惊俗子千铢贵，诗写幽情半日新。

若能太平鱼米贱，乾坤为宅置闲身！

记梁任公先生的一次演讲

　　梁任公先生晚年不谈政治，专心学术。大约在一九二一年，清华学校请他作第一次的演讲，题目是《中国韵文里表现的情感》。我很幸运地有机会听到这一篇动人的演讲。那时候的青年学子，对梁任公先生怀着无限的景仰，倒不是因为他是戊戌政变的主角，也不是因为他是云南起义的策划者，实在是因为他的学术文章对于青年确有启迪领导的作用。过去也有不少显宦以及叱咤风云的人物莅校讲话，但是他们没有能留下深刻的印象。

　　任公先生的这一篇讲演稿，后来收在《饮冰室文集》里。他的讲演是预先写好的，整整齐齐地写在宽大的宣纸制的稿纸上面，他的书法很是秀丽，用浓墨写在宣纸上，十分美观。但是读他这篇文章和听他这篇讲演，那趣味相差很多，犹之乎读剧本与看戏之迥乎不同。

　　我记得清清楚楚，在一个风和日丽的下午，高等科楼上大教堂里坐满了听众，随后走进了一位短小精悍、秃头顶、宽下巴的人物，穿着肥大的长袍，步履稳健，风神潇洒，左右顾盼，光芒四射，这就是梁任公先生。

他走上讲台，打开他的讲稿，眼光向下面一扫，然后是他的极简短的开场白，一共只有两句，头一句是："启超没有什么学问——"眼睛向上一翻，轻轻点一下头："可是也有一点喽！"这样谦逊同时又这样自负的话是很难得听到的。他的广东官话是很够标准的，距离国语甚远，但是他的声音沉着而有力，有时又是洪亮而激昂，所以我们还是能听懂他的每一字，我们甚至想，如果他说标准国语，其效果可能反要差一些。

我记得他开头讲一首古诗《箜篌引》：

公无渡河，公竟渡河！
渡河而死，其奈公何！

这四句十六字，经他一朗诵，再经他一解释，活画出一出悲剧，其中有起承转合，有情节，有背景，有人物，有情感。我在听先生这篇讲演后二十余年，偶然获得机缘在茅津渡候船渡河，但见黄沙弥漫，黄流滚滚，景象苍茫，不禁哀从中来，顿时忆起先生讲的这首古诗。

先生博闻强记，在笔写的讲稿之外，随时引证许多作品，大部分他都能背诵得出。有时候，他背诵到酣畅处，忽然记不起下文，他便用手指敲打他的秃头，敲几下之后，记忆力便又畅通，成本大套地背诵下去了。他敲头的时候，我们屏息以待，他记起来的时候，我们也跟着他欢喜。

先生的讲演，到紧张处，便成为表演。他真是手之舞之，足之蹈之，有时掩面，有时顿足，有时狂笑，有时叹息。听他讲到他最喜爱的《桃花扇》，讲到"高皇帝，在九天，不管……"那一段，他悲从中来，竟痛哭流涕而不能自已。他掏出手巾拭泪，听讲的人不知有几多也泪下沾巾了！又听他讲杜氏讲到"剑外忽传收蓟北，初闻涕泪满衣裳……"先生又真是于涕泗交流之中张口大笑了。

这一篇讲演分三次讲完，每次讲过，先生大汗淋漓，状极愉快。听过这讲演的人，除了当时所受的感动之外，不少人从此对于中国文学发生了强烈的爱好。先生尝自谓"笔锋常带情感"，其实先生在言谈讲演之中所带的情感不知要更强烈多少倍！

胡适先生二三事

胡先生是安徽徽州绩溪县人，对于他的乡土念念不忘，他常告诉我们他的家乡的情形。徽州是个闭塞的地方，四面皆山，地瘠民贫，山地多种茶，每逢收茶季节，茶商经由水路，从金华到杭州、到上海求售，所以上海的徽州人特多，号称"徽帮"，其势力一度不在"宁帮"之下。四马路一带就有好几家徽州馆子。民国十七八年间，有一天，胡先生特别高兴，请努生、光旦和我到一家徽州馆吃午饭。上海的徽州馆相当守旧，已经不能和新兴的广东馆、四川馆相比，但是胡先生要我们去尝尝他的家乡风味。

我们一进门，老板一眼望到胡先生，便从柜台后面站起来笑脸相迎，满口的徽州话，我们一点也听不懂。等我们扶着栏杆上楼的时候，老板对着后面厨房大吼一声。我们落座之后，胡先生问我们是否听懂了方才那一声大吼的意义。我们当然不懂，胡先生说："他是在喊：'绩溪老倌，多加油啊！'"原来绩溪是个穷地方，难得吃油大，多加油即是特别优待老乡之意。果然，那一餐的油不在少。有两个菜给我的印象特别深，一个是划水鱼，即红烧青鱼尾，鲜嫩无比，一个是生炒蝴蝶面，即什锦炒生面片，非常别致。缺点是味太咸，油太大。

徽州人聚族而居，胡先生常夸说，姓胡的、姓汪的、姓程的、姓吴的、姓叶的，大概都是徽州，或是源出于徽州。他问过汪精卫、叶恭绰，都承认他们祖上是在徽州。努生调侃地说："胡先生，如果再扩大研究下去，我们可以说中华民族起源于徽州了。"相与拊掌大笑。

吾妻季淑是绩溪程氏，我在胡先生座中如遇有徽州客人，胡先生必定这样地介绍我："这是梁某某，我们绩溪的女婿，半个徽州人。"他的记忆力特别好，他不会忘记提起我的岳家早年在北京开设的程五峰斋，那是一家在北京与胡开文齐名的笔墨店。

胡先生酒量不大，但很喜欢喝酒。有一次他的朋友结婚，请他证婚，这是他最喜欢做的事。筵席只预备了两桌，礼毕入席，每桌备酒一壶，不到一巡而壶告罄。胡先生大呼添酒，侍者表示为难。主人连忙解释，说新娘是"Temperance League"（节酒会）的会员。胡先生从怀里掏出现洋一元交付侍者，他说："不干新郎新娘的事，这是我们几个朋友今天高兴，要再喝几杯。赶快拿酒来。"主人无可奈何，只好添酒。

事实上胡先生从不闹酒。民国二十年春，胡先生由沪赴平，道出青岛,我们请他到青岛大学演讲,他下榻万国疗养院。讲题是《山东在中国文化里的地位》,就地取材,实在高明之至,对于齐鲁文化的变迁、儒道思想的递嬗,讲得头头是道,亹亹不倦,听众无不欢喜。当晚青大设宴,有酒如渑,胡先生赶快从袋里摸出一只大金指环给大家传观,上面刻着"戒酒"二字,是胡太太送给他的。

胡先生交游广,应酬多,几乎天天有人邀饮,家里可以无须开伙。徐志摩风趣地说:"我最羡慕我们胡大哥的肠胃,天天酬酢,肠胃居然吃得消!"其实胡先生并不欣赏这交际性的宴会,只是无法拒绝而已。民国二十年六月二十一日胡先生写信给我,劝我离开青岛到北大教书,他说:"你来了,我陪你喝十碗好酒!"

胡先生住上海极司菲尔路的时候,有一回请"新月"一些朋友到他家里吃饭,菜是胡太太亲自做的——徽州著名的"一品锅"。一只大铁锅,口径差不多有一呎,热腾腾地被端了上桌,里面还在滚沸,一层鸡,一层鸭,一层肉,点缀着一些蛋皮饺,紧底下是萝卜、白菜。胡先生详细介绍这一品锅,告诉我们这是徽州人家待客的上品,酒菜、饭菜、汤,都在其中矣。对于胡太太的烹调的本领,他是赞不绝口的。他认为另有一样食品也是非胡太太不办的,那就是蛋炒饭——饭里看不见蛋而蛋味十足,我虽没有品尝过,可是我早就知道其做法是把饭放在搅好的蛋里拌匀后再下锅炒。

胡先生不以书法名,但是求他写字人太多,他也喜欢写。他做中国公学校长的时候，每星期到吴淞三两次，我每次遇见他都是看到他被学生们里三层外三层地密密围绕着。学生要他写字，学生需要自己备纸和研好的墨。他未到校之前，桌上已按次序排好一卷一卷的宣纸、一盘一盘的墨汁。他进屋之后就伸胳膊、挽袖子，挥毫落纸如云烟，还要一面和人寒暄，大有手挥五弦、目送飞鸿之势。胡先生的字如其人，清癯消瘦，而且相当工整，从来不肯作行草，一横一捺都拖得很细很长，好像是伸胳膊伸腿的样子。不像瘦金体，没有那一份劲逸之气，可是不俗。胡先生说起蔡孑民先生的字，也是瘦骨嶙峋，和一般人点翰林时所写的以黑、大、圆、光著名的墨卷迥异其趣。胡先生曾问过他，以他那样的字何以能点翰林，蔡先生答说："也许是因为当时最流行的是黄山谷的字体吧！"

胡先生最爱写的对联是"大胆地假设，小心地求证；认真地做事，严肃地做人"。我常惋惜，大家都注意上联，而不注意下联。这一联有如双翼，上联教人求学，下联教人做人，我不知道胡先生这一联发生了多少效果。这一联教训的意味很浓，胡先生自己亦不讳言他喜欢用教训的口吻。他常说："说话而教人相信，必须斩钉截铁、咬牙切齿、翻来覆去地说。《圣经》里便是时常使用'Verily''Verily'以及'Thou shalt'等等的字样。"胡先生说话并不武断，但是语气永远是非常非常坚定的。

赵瓯北的一首诗："李杜诗篇万口传，至今已觉不新鲜。江山代有才人出，各领风骚数百年。"也是胡先生所爱好的，显然是因为这首诗的见解颇合于提倡新文学者的口味。胡先生到台湾后，有一天我请他到师大讲演，讲的是《中国文学的演变》，以六十八高龄的人犹能谈上两个钟头而无倦色。在休息的时间，《中国语文》一月刊请他题字，他题了三十多年前的旧句："山风吹散了窗纸上的松影，吹不散我心头的人影。"

胡先生毕生服膺科学，但是他对于中医问题的看法并不趋于极端，和傅斯年先生一遇到孔庚先生便脸红脖子粗的情形大不相同。（傅斯年先生反对中医，有一次和提倡中医的孔庚先生在国民参政会席上相对大骂，几乎要挥老拳。）胡先生笃信西医，但也接受中医治疗。

民国十四年二月孙中山先生病危，从医院迁出，住进行馆，改试中医，由适之先生偕名医陆仲安诊视。这一段经过是大家知道的。陆仲安初籍籍无名，徽州人，一度落魄，住在绩溪会馆，所以才认识胡先生，偶然为胡先生看病，竟奏奇效，故胡先生为他揄扬，名医之名不胫而走。事实上陆先生亦有其不平凡处，盛名固非幸致。十五六年之际，我家里有人患病即常延陆来诊。陆先生诊病，无模棱两可语，而且处方下药分量之重令人惊异。药必须要到同仁堂去抓，否则不悦。每服药必定是大大的一包，小一点的药锅便放不进去。贵重的药更要大量使用。他的理论是：看准了病便要投以重剂猛攻。后来在上海，有一次胡先生请吃花酒，我发现陆先生亦为席上客，那时候他已是大腹便便、仆仆京沪道上专为要人治病的名医了。

胡先生左手背上有一肉瘤隆起，医师劝他割除，他就在北平协和医院接受手术。他告诉我医师们动手术的时候，动用一切应有的设备，郑重其事地为他解除这一小患，那份慎重将事的态度使他感动。又有一次乘船到美国去开会，医师劝他先割掉盲肠再做海上旅行，以免途中万一遭遇病发而难以处治，他欣然接受了外科手术。

我没看见过胡先生请教中医或服中药，可是也不曾听他说过反对中医中药的话。

胡先生从来不在人背后说人的坏话，而且也不喜欢听人在他面前说别人的坏话。有一次他听了许多不相干的闲话之后，喟然而叹曰："来说是非者，便是是非人！"相反的，人有一善，胡先生辄津津乐道，真是口角春风。徐志摩给我的一封信里有"胡圣潘仙"一语，是因为胡先生向有"圣人"之称，潘光旦只有一条腿，可跻身八仙之列，并不完全是戏谑。

但是誉之所至，谤亦随之。胡先生到台湾来，不久就出现了《胡适与国运》匿名小册（后来匿名者显露了真姓名），胡先生夷然处之，不予理会。胡先生返台定居，本来是落叶归根非常明智之举，但也不是没有顾虑。首先台湾气候并不适宜。一九五七年十一月二十五日给陈之藩先生的信就说："请胸部大夫检查两次，X光照片都显示肺部有弱点（旧的、新的）。此君很不赞成我到台湾的'潮冷'又'潮热'的气候去久住。"但是一九五六年十一月十八日给赵元任夫妇的信早就说过："我现在的计划是要在台中或台北……为久居之计。不管别人欢迎不欢迎、讨厌不讨厌，我在台湾是要住下去的。（我也知道一定有人不欢迎我长住下去。）"可见胡先生决意来台定居，医生的意见也不能左右他，不欢迎他的人只好写写《胡适与国运》罢了。

一九六○年七月十日胡先生在西雅图举行"中美文化合作会议"发表的一篇讲演，是很重要的文献，原文是英文的，同年七月廿一、廿二、廿三日，"××日报"有中文译稿。在这篇讲演里，胡先生历述中国文化之演进的大纲，结论是："我相信人道主义及理性主义的中国传统，并未被毁灭，且在所有情形下不能被毁灭！"大声疾呼，为中国文化传统作狮子吼。在座的中美听众一致起立，欢呼鼓掌久久不停，情况是非常动人。事后有一位美国学者称道这篇演讲具有"丘吉尔作风"。我觉得像这样的言论才算得是弘扬中国文化。当晚，在旅舍中胡先生取出一封复印信给我看，是当地主人华盛顿大学校长欧第·嘉德先生特意复印给胡先生的。这封信是英文的，是中国人写的英文，起草的人是谁不问可知，是写给欧第·嘉德的，具名连署的人不下十余人之多，其中有"委员"，有"教授"，有男有女。信的主旨大概是说：胡适是中国文化的叛徒，不能代表中国文化，此番出席会议未经合法推选程序，不能具有代表资格，特予郑重否认云云。我看过之后交还了胡先生，问他怎样处理，胡先生微笑着说："不要理他！"我不禁想起《胡适与国运》。

胡先生在师大讲演《中国文学的变迁》，弹的还是他的老调。我给他录了音，音带藏师大文学院英语系。他在讲词中提到律诗及评剧，斥为"下流"。听众中喜爱律诗及评剧的人士大为惊愕，当时面面相觑，事后议论纷纷。我告诉他们这是胡先生数十年一贯的看法，可惊的是他几十年后一点也没有改变。中国律诗的艺术之美、评剧的韵味，都与胡先生始终无缘。八股、小脚、鸦片，是胡先生所最深恶痛绝的，我们可以理解。律诗与评剧似乎应该属于另一范畴。

胡先生对于禅宗的历史下过很多功夫，颇有心得，但是对于禅宗本身那一套奥义并无好感。有一次朋友宴会，饭后要大家题字，我偶然地写了"无门关"的一偈，胡先生看了很吃一惊，因此谈起禅宗。我提到日本铃木大拙所写的几部书，胡先生正色说："那是骗人的，你不可信他。"

辜鸿铭先生逸事

*本文原载1927年7月12日上海《时事新报·青光》。

有学问、有文采、有热心肠的学者，求之当世能有几人？于是我想起了从前的一段经历，笔而记之。

辜鸿铭先生以茶壶譬丈夫，以茶杯譬妻子，故赞成多妻制，诚怪论也。

先生之怪论甚多，常告人以姓辜之故，谓始祖寔为罪犯。又言始祖犯罪，不足引以为羞；若数典忘祖，方属可耻云。

先生深于英国文学之素养。或叩以养成之道，曰：先背熟一部名家著作做根基。又言今人读英文十年，开目仅能阅报，伸纸仅能修函，皆由幼年读一猫一狗式之教科书，是以终其身只有小成。先生极赞成中国私塾教授法，以开蒙未久，即读四书五经，尤须背诵如流水也。

先生之书法，极天真烂漫之致，别字虽不甚多，亦非极少。盖先生生于异国，学于苏格兰，比壮年入张之洞幕，始沉潜于故邦载籍云。

先生好选《诗经》中成句，译英文诗，虽未能天衣无缝，亦颇极传神之妙，惜以古衣冠加于无色民族之身上耳。先生以"情"译"poetry"，以"理"译"philosophy"，以"事"译"History"，以"物"译"Science"，以"阴阳"译"Physic"，以"五行"译"Chemistry"，以"红福"译"Juno"，以"清福"译"Minerva"，以"艳福"译"Venus"，于此可见其融合中外之精神。

先生喜征逐之乐，不修边幅，既垂长辫，而枣红袍与天青褂上之油腻，尤可鉴人，粲者立于其前，不须揽镜，即有顾影自怜之乐。先生对于妓者颇有同情，恒操英语曰："Prostitude者，Destitute也。"（意谓卖淫者卖穷也。）

先生多情而不专，夫人在一位以上。尝娶日妇，妇死，哭之悲，悼亡之痛，历久不渝。先生尝患贫，一闻丐者呼号之声，立即拨关而出，畀以小银币一二枚，勃豀之声，尝因之而起。

先生操多种方言，通几国文字；日之通士，尤敬慕先生，故日本人所办之英文报纸，常发表先生忠君爱国之文字。文中畅引中国经典，滔滔不绝，其引文之长，令人兴喧宾夺主之感，趣味弥永。凡读其文者只觉其长，并不觉其臭。

辑二　往事蓦然

清华八年

一

我自民国四年进清华学校读书，民国十二年毕业，整整八年的工夫在清华园里度过。人的一生没有几个八年，何况是正在宝贵的青春？四十多年前的事，现在回想已经有些模糊，如梦如烟，但是较为突出的印象则尚未磨灭。有人说，人在开始喜欢回忆的时候便是开始老的时候。我现在开始回忆了。

民国四年，我十四岁，在北京新鲜胡同京师公立第三小学毕业，我的父亲接受朋友的劝告，要我投考清华学校。这是一个重大的决定，因为这个学校远在郊外，我是一个古老的家庭中长大的孩子，从来没有独自在街头闯荡过，这时候要捆起铺盖到一个陌生的地方去住，不是一件平常的事，而且在这个学校经过八年之后，便要漂洋过海离乡背井到新大陆去负笈求学，更是难以设想的事。所以父亲这一决定下来，母亲急得直哭。

清华学校在那时候尚不大引人注意。学校的创立乃是由于民国纪元前四年，美国老罗斯福总统决定退还庚子赔款半数，指定用于教育用途，意思是好的，但是带着深刻的国耻的意味。所以这学校的学制特殊，事实上是留美预备学校，不由教育部管理，校长由外交部派。每年招考学生的名额，按照各省分担的庚子赔款的比例分配。我原籍浙江杭县，本应到杭州去应试，往返太费事，而且我家寄居北京很久，也可算是北京的人家，为了取得法定的根据起见，我父亲特赴京兆大兴县署办理入籍手续，得到准许备案，我才到天津（当时直隶省会）省长公署报名。我的籍贯从此确定为京兆大兴县，即北京。北京东城属大兴，西城属宛平。

那一年直隶省分配名额为五名，报名应试的大概是三十个人，初试结果取十名，复试再遴选五名。复试由省长朱家宝亲自主持。此公素来喜欢事必躬亲，不愿假手他人，居恒有一颗闲章，文曰："官要自作。"我获得初试入选的通知以后就到天津去谒见省长。十四岁的孩子几曾到过官署？大门口的站班的衙役一声吆喝，吓我一大跳，只见门内左右站着几个穿宽袍大褂的衙役垂手肃立。我逡巡走近二门，又是一声吆喝，然后进入大厅。十个孩子都到齐，有人出来点名。静静地等了一刻钟，一位面团团的老者微笑着踱了出来，从容不迫地抽起水烟袋，逐个地盘问我们几句话，无非是姓甚、名谁、几岁、什么属相之类的谈话。然后我们围桌而坐，各有毛笔、纸张放在面前，写一篇作文，题目是《孝悌为人之本》。这个题目我好像从前作过，于是不假思索援笔立就，总之是一些陈词滥调。

过后不久榜发，榜上有名的除我之外有吴卓、安绍芸、梅贻宝及一位未及入学即行病逝的应某。考取学校总是幸运的事，虽然那时候我自己以及一般人并不怎样珍视这样的一个机会。

就是这样我和清华结下了八年的缘分。

二

八月末，北京已是初秋天气，我带着铺盖到清华去报到，出家门时母亲直哭，我心里也很难过。我以后读英诗人Cowper的传记时特别同情他，即是因为我自己深切体验到一个幼小的心灵在离开父母出外读书时的那种滋味——说是"第二次断奶"实在不为过。第一次断奶固然苦痛，但那是在孩提时代，尚不懂事，没有人能回忆自己断奶时的懊恼，第二次断奶就不然了，从父母身边把自己扯开，在心里需要一点气力，而且少不了一阵辛酸。

清华园在北京西郊外的海淀的西北。出西直门走上一条漫长的马路，沿途有几处步兵统领衙门的"堆子"，清道夫一铲一铲地在道上撒黄土，一勺一勺地在道上泼清水，路的两旁是铺石的路，专给套马的大敞车走的。最不能忘的是路边的官柳，是真正的垂杨柳，好几丈高的丫杈古木，在春天一片鹅黄，真是柳眼挑金。更动人的时节是在秋后，柳丝飘拂到人的脸上，一阵阵的蝉噪，夕阳古道，情景幽绝。我初上这条大道，离开温暖的家，走向一个新的环境，心里不知是什么滋味。

海淀是一小乡镇，过仁和酒店微闻酒香，那一家的茵陈酒"莲花白"是有名的，再过去不远有一个小石桥，左转趋颐和园，右转经圆明园遗址，再过去就是清华园了。清华园原是清室某亲贵的花园，大门上"清华园"三字是大学士那桐题的，门并不大，有两扇铁栅，门内左边有一棵状如华盖的老松，斜倚有态，门前小桥流水，桥头上经常系着几匹小毛驴。

园里谈不到什么景致，不过非常整洁，绿草如茵，校舍十分简朴，但是一尘不染。原来的一点点中国式的园林点缀保存在"工字厅""古月堂"，尤其是工字厅后面的荷花池。徘徊池畔，有"风来荷气，人在木阴"之致。塘坳有亭翼然，旁有巨钟为报时之用。池畔松柏参天，厅后匾额上的"水木清华"四字确是当之无愧。又有长联一副："槛外山光，历春夏秋冬，万千变幻，都非凡境。窗中云影，任东西南北，去来澹荡，洵是仙居。"（祁隽藻书）我在这个地方不知道消磨了多少黄昏。

西园榛莽未除，一片芦蒿，但是登土山西望，圆明园的断垣残石历历可见，俯仰苍茫，别饶野趣。我记得有一次郁达夫特来访问，央我陪他到圆明园去凭吊遗迹，除了那一堆石头，什么也看不见了，所谓"万园之园"的四十美景只好参考后人画图于想象中得之。

三

清华分高等科、中等科两部分。刚入校的便是中等科的一年级生。中等四年，高等四年，毕业后送到美国去，这两部分是隔离的，食、宿、教室均不在一起。

学生们是来自各省的，而且是很平均地代表着各省，因此各省的方言都可以听到。我不相信除了清华之外，有任何一个学校其学生籍贯是如此的复杂。有些从广东、福建来的，方言特殊，起初与外人交谈不无困难，不过年轻的人学语迅速，稍后亦可适应。由于方言不同，同乡的观念容易加强，虽无同乡会的组织，事实上一省的同乡自成一个集团。我是北京人，我说国语，大家都学着说国语，所以我没有方言，因此我也就没有同乡观念。如果我可以算得是北京"土著"，像我这样的"土著"，清华一共没有几个（原籍满族的陶世杰、原籍蒙古族的杨宗瀚都可以算是真正的北京人）。北京也有北京的土语，但是从这时候起我就和各个不同省籍的同学交往，我只好抛弃了我的土语的成分，养成使用较为普通的国语的习惯。我一向不参加同乡会之类的组织，同时我也没有浓厚的乡土观念，因为我在这样的环境有过八年的熏陶，凡是中国人都是我的同乡。

一天夜里下大雪，黎明时同屋的一位广东同学大惊小怪地叫了起来："下雪啦！下雪啦！"别的寝室的广东同学也出来奔走相告，一个个从箱里取出羊皮袍穿上，但是里面穿的是单布裤子！

有一位从厦门来的同学，因为言语不通没人可以交谈，孤独郁闷而精神失常，整天用英语喊叫："我要回家！我要回家！"高等科有一位是他的同乡，但是不能时常来陪伴他。结果这位可怜的孩子被遣送回家了。

我是比较幸运的，每逢星期日，我缴上一封家长的信便可获准出校返家，骑驴抄小径，经过大钟寺，到西直门，或是坐一小时的人力车遵大道进城。在家里吃一顿午饭，不大工夫夕阳西下又该回学校去了。回家的手续是在星期六晚办妥的，领一个写着姓名的黑木牌，第二天交到看守大门的一位张姓老头儿的手里，才得出门。平常是不准越大门一步的。但是高等科的同学们，和张老头打个招呼，也可以出门走走，买点什么鸭梨、柿子、烤白薯之类的东西。

新生是一群孩子，我这一班里以项君为最矮小，有一回他掉在一只大尿桶里几乎淹死。二三十年后我在天津遇到他，他已经任一个银行的经理，还是那么高，想起往事不禁发出会心的微笑。

新生的管理是很严格的。斋务主任陈筱田先生是个了不起的人物，天津人，说话干脆而尖刻，精神饱满，认真负责。学生都编有学号，我在中等科时是五八一，在高等科时是一四九，我毕业后十几年在南京车站偶然遇到他，他还能随口说出我的学号。每天早晨七点打起床钟，赴盥洗室，每人的手巾、脸盆都写上号码，脏了要罚。七点二十分吃早饭，四碟咸菜如萝卜干、八宝菜之类，每人三个馒头，稀饭不限。饭桌上，也有各人的学号，缺席就要记下处罚。脸可以不洗，早饭不能不去吃。陈先生常常躲在门后，拿着纸笔把迟到的一一记下，专写学号，一个也漏不掉。我从小就有早起的习惯，永远在打钟以前很久就起床，所以从不误吃早饭。

学生有久久不写平安家信以致家长向学校查询者，因此学校规定每两星期必须写家信一封，交斋务室登记寄出。我每星期回家一次，应免此一举，但恪于规定仍须照办。我父亲说这是很好的练习小楷的机会，特为我在荣宝斋印制了宣纸的信笺，要我恭楷写信，年终汇订成册，留作纪念。

学生身上不许带钱，钱要存在学校银行里，平常的零用钱可以存少许在身上，但一角钱一分钱都要记账，而且是新式簿记，有明细账，有资产负债对照表，月底结算完竣要呈送斋务室备核盖印然后发还。在学校用钱的机会很少，伙食本来是免费的，我入校的那一年才开始收半费，每月伙食是六元半，我交三元，在我以后就是交全费的了，洗衣服每月二元，这都是在开学时交清了的。理发每次一角，手艺不高明，设备也简陋，有一样好处——快，十分钟连揪带拔一定完工。（我的朋友张心一来自甘肃，认为一角钱太贵，总是自剃光头，青白油亮，只是偶带刀痕。）所以花钱只是买零食。校内有一个地方卖日用品及食物，起初名为嘉华公司，后改称为售品所，卖豆浆、点心、冰激凌、花生、栗子之类。只有在寝室里可以吃东西，在路上走的时候吃东西是被禁止的。

洗澡的设备很简单，用的是铅铁桶，由工友担冷热水。孩子们很多不喜欢亲近水和肥皂，于是洗澡便需要签名，以备查核。规定一星期洗澡至少两次，这要求并不过分，可是还是有人只签名而不洗澡。照规定一星期不洗澡予以警告，若仍不洗澡则在星期五下午四时周会（名为伦理演讲）时公布姓名，若仍不洗澡则强制执行，派员监视。以我所知，这规则尚不曾实行过。

看小说也在禁止之列。小说是所谓"闲书"，据说是为成年人消遣之用，不是诲淫就是诲盗，年轻人血气未定，看了要出乱子的。可是像《水浒》《红楼》之类我早就在家里看过，也是偷着看的，看到妙处心里确是怦怦然。

我到清华之后，经朋友指点，海淀有一家小书店可以买到石印小字的各种小说。我顺便去了一看，琳琅满目，如入宝山，于是买了一部《绿牡丹》。有一天晚上躺在床上偷看，字小，纸光，灯暗，倦极抛卷而眠，翌晨起来就忘记从枕下捡起，斋务先生查寝室，伸手一摸就拿走了。当天就有条子送来，要我去回话，我还不知道是什么事。只见陈先生铁青着脸，把那本《绿牡丹》往我面前一丢，说："这是嘛?""嘛"者，天津话"什么"也。我的热血涌到脸上，无话可说，准备接受打击。也许是因为我是初犯，而且并无其他前科，也许是因为我诚惶诚恐俯首认罪，使得惩罚者消了不少怒意，我居然除了受几声叱责及查获禁书没收之外没有受到惩罚。依法，这种罪过是要处分的，应于星期六下午大家自由活动之际被罚禁闭，地点在"思过室"。这种处分是最轻微的处分，在思过室里静坐几小时，屋里壁上满挂着格言，所谓"闭门思过"。凡是受过此等处分的，就算是有了记录，休想再能获得品行优良奖的大铜墨盒。我没进过思过室，可是也从来没有得过大铜墨盒，可能是受了《绿牡丹》事件的影响。我们对于得过墨盒的同学们既不嫉妒亦不羡慕，因为人人心里明白那个墨盒的代价是什么，并且事后证明墨盒的得主将来都变成了什么样的角色。

思过是要牌示的,若干次思过等于记一小过,三小过为一大过,三大过则恶贯满盈实行开除。记过开除之事在清华随时有之,有时候一向品学兼优的学生亦不能免于记过。比我高一班的潘光旦曾告诉我他就被记小过一次,事由是他在严寒冬夜不敢外出如厕,就在寝室门外便宜行事。事有凑巧,陈斋务主任正好深夜巡查,迎面相值当场查获。当时未交一语,翌日挂牌记过。光旦认为这是很有趣的一件事,从不讳言。中等科的厕所(绰号九间楼)在夜晚是没有人敢去的,面临操场,一片寂寥,加上狂风怒吼,孩子们是有一点怕。最严重的罪过是偷窃,一经破获,立刻开除。有时候拿了人家的一本字典或是拿了人家一匹夏布,都要受最严重的处分。趁上课时扃闭寝室通路,翻箱倒箧实行突检,大概没有窃案不被破获的。虽然用重典,总还有人要蹈法网。有些学生被当作"线民"使用,负责打小报告。这种间谍制度后来大受外国教员指责,不久就废弃了。做线民的大概都是得过墨盒的。

清华对于年幼的学生还有过一阵的另一训导制度,三五个年幼的学生配给一个导师,导师由高等科的大学生担任之,每星期聚会一次,在生活上予以指导。指导我的是一位沈隽淇先生,大概比我大七八岁,道貌岸然,不苟言笑。这制度用意颇佳,但滞碍难行，因为硬性配给，不免扞格。此制行之不久即废，沈隽淇先生毕业后我也从来没听见过他的消息。

严格的生活管理只限于中等科，我们事后想想，像陈筱田先生所执行的那一套管理方法，究竟是利多弊少，许多做人做事的道理，本来是应该在幼小的时候就要认识。许多自然主义的教育信仰者，以为儿童的个性应该任其自由发展，否则受了摧残以后，便不得伸展自如。至少我个人觉得我的个性没有受到压抑以至于以后不能充分发展。我从来不相信"树大自直"。等我们升到高等科，一切管理松弛多了，尤其是正值"五四运动"之后，学生的气焰万丈，谁还能管学生？

四

清华是预备留美的学校，所以课程的安排与众不同，上午的课如英文、作文、公民（美国公民）、数学、地理、历史（西洋史）、生物、物理、化学、政治学、社会学、心理学……都一律用英语讲授，一律用美国出版的教科书；下午的课如国文、历史、地理、修身、哲学史、伦理学、修辞、中国文学史……都一律用国语，用中国的教科书。这样划分的目的，显然地要加强英语教学，使学生多得听说英语的机会。上午的教师一部分是美国人，一部分是能说英语的中国人。下午的教师是一些中国的老先生，好多都是在前清有过功名的。但是也有流弊，重点放在上午，下午的课就显得稀松。尤其是在毕业的时候，上午的成绩需要及格，下午的成绩则根本不在考虑之列。因此大部分学生轻视中文的课程。这是清华在教育上最大的缺点，不过鱼与熊掌不可得兼，顾了英文就不容易再顾中文，这困难的情形也是可以理解的。可惜的是学校没有想出更合理的办法，同时对待中文教师之差别待遇也令学生生出很奇异的感想，薪给特别低，集中住在比较简陋的古月堂，显然中文教师是不受尊重的。这在学生的心理上有不寻常的影响，一方面使学生蔑视本国的文化，崇拜外人，另一方面激起反感，对于洋人偏偏不肯低头。我个人的心理反应即属于后者，我下午上课从来不和先生捣乱，上午在课堂里就常不驯顺。而且我一想起母校，我就不能不联想起庚子赔款、义和团、吃教的洋人、昏聩的官吏……这一连串的联想使我惭愧、愤怒。我爱我的母校，但这些联想如何能使我对我母校毫无保留地感觉骄傲呢？清华特别注重英文一课，由于分配的钟点特多，再加上午其他各课亦用英语讲授，所以平均成绩可能较一般的学校略胜。使用的教本开始时是《鲍尔文读本》，以后就由浅而深的选读文学作品，如《阿丽斯异乡游记》《陶姆·伯朗就学记》《柴斯·菲德训子书》《金银岛》《欧文杂记》，阿迪生的《洛杰爵士杂记》、霍桑的《七山墙之屋》《块肉余生述》《朱立阿·西撒》《威尼斯商人》等等。前后八年教过我英文的老师有马国骥先生、林语堂先生、孟宪承先生、巢堃霖先生，美籍的有 Miss Beader, Miss Clemens, Mr. Smith 等。马、林、孟三位先生都是当时比较年轻的教师，不但学问好，教法好，而且热心教学，是难得的好教师。巢先生是在英国受教育的，英文根底极好。我很惭愧的是我曾在班上屡次无理捣乱反抗，使他很生气。但是我来台湾后他从香港寄信给我，要我到香港大学去教中文。我感谢这位老师尚未忘记几十年前的一个顽皮的学生。两位美籍的女教师使我特殊受益的倒不在英文训练，而在她们教导我们练习使用"议会法"，这一套如何主持会议、如何进行讨论、如何交付表决等等的艺术，以后证明十分有用。这也就是孙中山先生所谓的"民权初步"。在民主社会里到处随时有集会，怎么可以不懂集会的艺术？我幸而从小就学会了这一套，以后受用不浅，以后每逢我来主持任何大小会议，我知道如何控制会场秩序，如何迅速地处理案件的讨论。她们还教了我们作文的方法，题目到手之后，怎样先作大纲，怎样写提纲挈领的句子，有时还要把别人的文章缩写成为大纲，有时从一个大纲扩展成为一篇文章，这一切其实就是思想训练，所以不仅对英文作文有用，对国文也一样的有用。我的文章写得不好，但如果层次不太紊乱，思路不太糊涂，其得力处在此。美国的高等学校大概就是注重此种教学方法，清华在此等处模仿美国，是有益的。

上午的所有课程有一特色，即是每次上课之前学生必须做充分准备，先生指定阅览的资料必须事先读过，否则上课即无从听讲或应付。上课时间用在练习讨论者多，用在讲解者少，同时鼓励学生发问。我们中国学生素来没有当众发问的习惯，美籍教师常常感觉困惑，有时指名发问令其回答，造成讨论的气氛。美国大学里的课外指定阅读的资料分量甚重，所以清华先有此种准备，免得到了美国顿觉不胜负荷。我记得到了高等科之后，先生指定要读许多参考书，某书某章必须阅读，我们在图书馆未开门之前就排了长龙，抢着阅读参考书架上的资料，迟到者就要等候。

我的国文老师中使我获益最多的是徐镜澄先生，我曾为文纪念过他（见《秋室杂文》）。他在中等科教我作文一年，批改课业大勾大抹，有时全页都是大墨杠子，我几千字的文章往往被他删削得体无完肤，只剩下三二百字。我始而懊恼，继而觉得经他勾改之后确实是另有一副面貌，终乃接受了他的"割爱主义"：写文章少说废话，开门见山；拐弯抹角的地方求其挺拔，避免茸阘。

午后的课程大致不能令学生满意。学校聘请教员只知道注意其有无举人、进士的头衔，而不问其是否为优良教师。尤其是"五四"以后的几年，学生求知若渴，不但要求新知，对于中国旧学问也要求用新眼光来处理。比我低一班的朱湘先生就跑到北大旁听去了。清华午后上课情形简直是荒唐！先生点名，一个学生可以代替许多学生答到，或者答到之后就开溜，留在课室者可以写信、看小说甚至打瞌睡，而先生高踞讲坛视若无睹。我记得清清楚楚，有一位叶先生年老而无须，有一位学生发问了："先生，你为什么不生胡须？"先生急忙用手遮盖他的下巴，缩颈俯首而不答，全班哄笑。这一类不成体统的事不止一端。

于此我不能不提到梁任公先生。大概是我毕业前一年，我们几个学生集议想请他来演讲。他的大公子梁思成是我同班同学，梁思永、梁思忠也都在清华，所以我们经过思成的关系一约就成了。任公先生的学问、事业是大家敬仰的，尤其是他心胸开朗，思想赶得上潮流，在"五四"以后俨然是学术重镇。他身材不高，头秃，双目炯炯有光，走起路来昂首阔步，一口广东官话，声如洪钟。他讲演的题目是《中国韵文里表现的情感》。他情感丰富，记忆力强，用手一敲秃头便能背诵出一大段诗词，有时手之舞之，足之蹈之，有时口沫四溅涕泗滂沱，频频地从口袋里掏出一块大毛巾来揩眼睛。这篇演讲分数次讲完，有异常的成功，我个人对中国文学的兴趣就是被这一篇演讲所鼓动起来的。以前读曾毅《中国文学史》，因为授课的先生只是照着书本读一遍，毫无发挥，所以我越读越不感兴趣。任公先生以后由学校聘请，住在工字厅主讲"中国历史研究法"，更以后清华大学成立，他被聘为研究所教授，那是后话了。

还有些位老师我也是不能忘记的。教音乐的 Miss Seeley 和教图画的 Miss Starr 和 Miss Lyggate 都启迪了我对艺术的爱好。我本来喉音不坏，被选为"少年歌咏团"的团员，一共十二个人，除了我之外有赵敏恒、梅旸春、项谔、吴去非、李先闻、熊式一、吴鲁强、胡光澄、杜钟珩、郭殿邦等。我的嗓音最高，曾到城里青年会表演过一次 Human Piano（"人造钢琴"），我代表最高音。以后我倒了嗓子，同时 Seeley 女士离校后也没有人替其指导，我对音乐便失去了兴趣，没有继续修习，以至于如今对于音乐几乎完全是个聋人，中国音乐不懂，外国音乐也不通，变成了一个"内心没有音乐的人"，想起来实在可怕。讲到国画，我从小就喜欢，涂抹几笔是可以的，但无天才。清华的这两位教师给我的鼓励太多了，要我画炭画，描石膏像。记得最初是画院里的一棵松树，从基本上学习，但我没有能持续用功。我妄以为在小学时即已临摹王石谷、恽南田，如今还要回过头来画这些死东西？自以为这是委屈了我的才能，其实只是狂傲无知。到如今一点基本的功夫都没有，还谈得到什么用笔用墨？幼年时对艺术有一点点爱好，不值什么，没加上苦功，便毫无可观，我便是一例。

我不喜欢的课是数学。在小学时"鸡兔同笼"就已经把我搅昏了头，到清华习代数、几何、三角，更格格不入，从心里厌烦，开始时不用功，以后就很难跟上去，因此视数学课为畏途。我的一位同学孙筱孟比我更怕数学，每回遇到数学月考大考，他一看到题目就好像是"贾宝玉神游太虚幻境"一般，匆匆忙忙回寝室换裤子，历次不爽。我那时有一种奇异的想法，我将来不预备习理工，要这劳什子做什么？以"兴趣不合"四个字掩饰自己的懒惰、愚蠢。数学是人人要学的，人人可以学的，那是一种纪律，无所谓兴趣之合与不合。后来我和赵敏恒两个人同在美国一个大学读书，清华的分数单上数学一项都是勉强及格六十分，需要补修三角与立体几何。我们一方面懊恼，一方面引为耻辱，于是我们两个拼命用功，结果我们两个在全班上占第一、第二的位置，大考特准免予参加，以"甲上"成绩论。这证明什么？这证明没有人的兴趣是不近数学的，只要按部就班地用功，再加上良师诱导，就会发觉里面的趣味，万万不可任性，在学校里读书时万万不可相信什么"趣味主义"。

生物、物理、化学三门并非全是必修，预备习文法的只要修生物即可，这一规定也害我不浅。我选了比较轻松的生物。教我们生物的陈隽人先生，他对我们很宽，我在实验室里完全把时间浪费了。我怕触及蚯蚓、田鸡之类的活东西，闻到珂罗芳的味道就头痛，把蛤蟆四肢钉在木板上开刀取心脏是我最怵的事，所以总是请同学代为操刀，敷衍了事。物理、化学根本没有选修，至今引为憾事。

我的手很笨拙，小时候手工一向很坏，编纸、插豆、泥工、竹工的成绩向来羞于见人。清华亦有手工一课，教师是周永德先生。有一次，他要我们每人做一个木质的方锥体，我实在做不好，就借用同学徐宗涑所做的成品去搪塞交上。宗涑的手是灵巧的，他的方锥体做得方方正正、有棱有角，周先生给他打了个九十分。我拿同一个作品交上去，他对我有偏见，仅打了七十分，我不答应，我自己把真相说穿。周先生大怒，说我不该借用别人的作品。我说："我情愿受罚，但是先生判分不公，怎么办呢？"先生也笑了。

五

清华对于体育特别注重。

每早晨第二堂与第三堂之间有十五分钟的柔软操。钟声一响，大家涌到一个广场上，地上有写着号码的木桩，各按号码就位立定，由舒美科先生或马约翰先生领导活动，由助教过来点名。这十五分钟操，如果认真做，也能浑身冒汗。这是很好的调剂身心的办法。

下午四时至五时有一小时的强迫运动。届时所有的寝室、课室房门一律上锁，非到户外运动不可，至少是在外面散步或看看别人运动。我是个懒人，处此情形之下，也穿破了一双球鞋，打烂了三五只网球拍，大腿上被棒球打黑了一大块。可惜到了高等科就不再强迫了。经常运动有助于健康，不，是健康之绝对的必需的条件，而且身体的健康，也必有助于心理的健康。年轻时所获致的健康也是后来求学做事的一笔资本。那时清华的一般的学生比较活泼一些，少老气横秋的态度，也许是运动比较多一点的缘故。

学生们之普遍的爱好运动的习惯之养成是一件事，选拔代表与别的学校竞赛则是又一件事。清华对于选手的选拔、培养与爱护也是做得很充分的。选手要勤练习，体力耗损多，食物需要较高的热量，于是在食堂旁边另设"训练桌"，大鱼大肉，四盘四碗，同学为之侧目。运动员之德、智、体三育均优者固然比比皆是，但在体育方面畸形发展的亦非绝无仅有。有一位玩球的健将就是功课不够理想，但还是设法留在校内以便为校立功，这种恶劣的作风是大家都知道的。

清华的运动员给清华带来不少的荣誉，在各种运动比赛中总是占领导的位置。在最初的几次远东运动会中，清华的选手赢得不少锦标，为国家争取光荣。我记得最清楚的是一场足场赛和一场篮球赛。上海南洋大学的足球队在华中称雄，远征华北，以清华为对象。大家都觉得胜败未可逆料，不无惴惴。清华的阵容是：前锋徐仲良、姚醒黄、关颂韬、华秀升、邝××，后卫之一是李汝祺，守门是董大酉。这一战打得好精彩！徐仲良脚头有劲，射门准而急，关颂韬最会盘球，三两个人奈何不得他，冲锋陷阵如入无人之境，结果清华以逸待劳，侥幸大胜。这是在星期六下午举行的，星期一补放假一天以资庆祝，这是什么事！另一场篮球赛是对北师大。北师大在体育方面也是人才辈出，篮球队中一位魏先生尤负盛名。北师大和清华在篮球不相上下，可说势均力敌。清华的阵容是：前锋有时昭涵、陈崇武，后卫有孙立人、王国华。以这一阵容为基本的篮球队曾打垮菲律宾、日本的代表队。鏖战的结果，清华占地利因而险胜，孙立人、王国华的截球之稳练不能不令人叹为观止。附带提起，现在台湾的程树仁先生也是清华的运动健将，他继曹懋德为足球守门，举臂击球，比用脚踢还打得远些。他现在年近七十而强健犹昔，是清华的体育精神的代表。

清华毕业时照例要考体育，包括田径、爬绳、游泳等项。我平常不加练习，临考大为紧张，马约翰先生对于我的体育成绩只是摇头叹息。我记得我跑四百码的成绩是九十六秒，人几乎晕过去；一百码是十九秒。其他如铁球、铁饼、标枪、跳高、跳远都还可以勉强及格。游泳一关最难过。清华有那样好的游泳池，按说有好几年的准备应该没有问题，可惜是这好几年的准备都是在陆地上，并未下过水里，临考只得舍命一试。我约了两位同学各持竹竿站在两边，以备万一。我脚踏池边猛然向池心一扑，这一下就浮出一丈开外，冲力停止之后，情形就不对了。原来水里也有地心吸力，全身直线下沉。喝了一大口水之后，人又浮到水面；尚未来得及喊"救命"，已经再度下沉。这时节两根竹竿把我挑了起来，成绩是不及格，一个月后补考。这一个月我可天天练习了，好在不止我一人，尚有几位陪伴我。补考的时候也许是太紧张，老毛病又发了，身体又往下沉。据同学告诉我，我当时在水里扑腾得好厉害，水珠四溅，翻江倒海一般，否则也不会往下沉。这一沉，沉到了池底，我摸到大理石的池底，滑腻腻的。我心里明白，这一回只许成功不许失败，便在池底连爬带游地前进，喝了几口水之后，头已露出水面，知道快游完全程了，于是从从容容来了几下子蛙式泳，安安全全地跃登彼岸。马约翰先生笑得弯了腰，挥手叫我走，说："好啦，算你及格了。"这是我毕业时极不光荣的一个插曲。我现在非常悔恨，年轻时太不知道重视体育了。

清华的体育活动也并不完全是洋式的，也有所谓国术，如打拳、击剑之类。教师是李剑秋先生，他的拳是外家一路，急而劲，据说很有功夫，有时也开会表演，邀来外面的各路英雄，刀枪剑戟陈列在篮球场上。主人先垫垫脚，然后一十八般武艺一样一样地表演上场，其中包括空手夺刀之类。对于这种玩意，同学中也有乐此不疲者，分头在钻研太极八卦、少林石头的奥秘。

六

五四运动发生在一九一九年，我在中等科四年级，十八岁，是当时学生群中比较年轻的一员。清华远在郊外，在五四过后第二三天才和城里的学生联络上。清华学生的领导者是陈长桐。他的领导才能（charisma）是天生的，他严肃而又和蔼，冷静而又热情，如果他以后不走进银行而走进政治，他一定是第一流的政治家。他的卓越的领导能力使得清华学生在这次运动里尽了应尽的责任，虽然以后没有人以"五四健将"而闻名于世。自五月十九日以后，北京学生开始街道演讲。我随同大队进城，在前门外珠市口，我们一小队人从店铺里搬来几条木凳横排在街道上，人越聚越多，讲演的情绪越来越激昂。这时有三两部汽车因不得通过而乱按喇叭，顿时激怒了群众，不知什么人一声喝打，七手八脚地捣毁了一部汽车。我当时感觉到大家只是一股愤怒不知向谁发泄，恨政府无能，恨官吏卖国，这股恨只能在街上如醉如狂地发泄了。在这股洪流中没有人能保持冷静，此之谓"群众心理"。那部被打的汽车是冤枉的，可是后来细想也许不冤枉，因为至少那个时候坐汽车而不该挨打的人究竟为数不多。

章宗祥的儿子和我同一寝室。五四运动勃发之后，他悄悄地走避了，但是许多人不依不饶地拥进了我的寝室，把他的床铺捣烂了，衣箱里的东西狼藉满地。我回来看到很反感，觉得不该这样做。过后不久他害猩红热死了。

六月三日、四日，北京学生千余人在天安门被捕，清华的队伍最整齐，所以集体被捕，所占人数也最多。

清华因为继续参加学生运动而引起学校当局的不满，校长张煜全先生也许是用人不当，也许是他自己过分慌张，竟乘学生晚间开会之际切断了电线。他以为这一着可以迫使学生散去，想不到激怒了学生，当时点起蜡烛继续开会，这是对当局之公然反抗。事有凑巧，会场外忽然发现了三五个衣裳诡异、打着纸灯笼的乡巴佬，经盘问后，原来是由学校当局请来的乡间"小锣会"来弹压学生的。所谓小锣会，即是乡村农民组织的自卫团体，遇有盗警之类的事变就以敲锣为号，群起抵抗，是维持地方治安的一种组织。糊涂的学校当局竟把这种人请进学校来对付学生，真是自寻烦恼。学生们把小锣会团团围住，让他们具结之后便把他们驱逐出校。但是驱逐校长的风潮也因此而爆发了。

"五四"往好处一变而为新文化运动，往坏处一变而为闹风潮。清华的风潮是赶校长。张煜全、金邦正接连着被学生列队欢送迫出校外，其后是罗忠诒根本未能到差。这一段时期学生领导人之最杰出者为罗隆基，他私下里常说"九年清华，三赶校长"是实有其事。清华的传统的管理学生的方式崩溃了，学生会的坚强组织变成学生生活的中心。学生自治也未始不是一个好的现象，不过罢课次数太多，一快到暑假就要罢课，有人讥笑我们是怕考试，然乎否乎根本不值一辩，不过罢课这个武器用的次数太多反而失去同情则确是事实。

五四运动原是一个短暂的爱国运动，热烈的、自发的、纯洁的，"如击石火，似闪电光"，很快地就过去了。可是年轻的学生经此刺激、震动而突然觉醒了，登时表现出一股蓬蓬勃勃的朝气，好像是蕴藏、压抑多年的情绪与生命力，一旦获得了迸发、奔放的机会，一发而不可收拾，沛然而莫之能御。当时以我个人所感到的而言，这一股力量在两点上有明显的表现：一是学生的组织，一是广泛的求知欲。

在这以前，学生们都是听话的乖孩子，对权威表示服从，对教师表示尊敬，对职员表示畏惧。我刚到清华的时候，见到校长周寄梅先生，真觉得战战兢兢，他自有一种威仪使人慑服。至今我仍然觉得他有极好的风度，在我所知道的几任清华校长之中，他是最令大家翕服的一个。学校的组织与规程，尽管有不合理处，学生们不敢批评，更不敢有公然反抗的举动。除了对于国文教师常有轻慢的举动以外，学生对一般教师是恭顺的，无论教师多么不称职，从没有被学生驱逐的。在中等科时，一位国文先生酒醉，拿竹板打了学生的手心，教务长来抢走了竹板，事情也就平息了。这事情若发生在今天那还了得！清华管理严格，记过、开除是经常有的事，一纸开除的布告贴出，学生乖乖地卷铺盖，只有一次例外。我同班的一位万同学，因故被开除，他跑到海淀喝了一瓶"莲花白"，红头涨脸地跑回来，正值斋务主任李胡子在饭厅和学生们一起用膳，就在大庭广众之下，上去一拳把他打倒在地。这是绝无仅有的一次犯上作乱的精彩表演。

"五四"以后情形完全不同了。首先要说起学校当局之颟顸无能。当局糊涂到用关灭电灯的方法来防止学生开会，召进乡间的"小锣会"，打着灯笼、拿着棍棒到学校里来弹压学生，这如何能令学生心服？周校长以后的几任校长，都是外交部派来的闲散的外交官，在做官方面也许是内行的，但是平素学问、道德未必能服人，遇到这动荡时代更不懂得青年心理，当然是治丝益棼，使事态恶化。数年之内，清华数易校长，每一位都是在极狼狈的情形之下离去的。学生的武器便是他们的组织——学生会。从前的班长、级长都是些当局属意的"墨盒"持有人，现在的学生会的领导者是些有组织能力的分子担当。所谓"团结即是力量"，道理是不错的。原来为了遂行爱国运动而组织起来的学生会，性质逐渐扩大，目标也逐渐转移了，学生要求自治，学生也要过问学校的事。清华的学生组织是相当健全的，分评议会与干事会两部分，评议会是决议机关，干事会是执行机关，评议员是选举的。我在清华最后几年一直是参加评议会的。我深深感觉"群众心理"是很可怕的，组织的力量如果滥用也是很可怕的。我们在短短期间内驱逐的三位校长，其中有一位根本未曾到校，他的名字是罗忠诒，不知什么人传出了消息，说他吸食鸦片烟，于是喧嚷开来，舆论哗然，吓得他未敢到任。人多势众的时候往往是不讲理的。学生会每逢到了五六月的时候，总要闹罢课的勾当。如果有人提出罢课的主张，不管理由是否充分，只要激昂慷慨一番，总会通过。罢课曾经是赢得伟大胜利的手段，到后来成了惹人厌恶的荒唐行为。不过清华的罢课当初也不是没有远大目标的。一九二二年三月间，罗隆基写了一篇《彻底翻腾的清华革命》，发表在北京《晨报》。翌年三月间由学生会印成小册子，并有梁任公先生及凌冰先生的序言，一致赞成清华应有一健全的董事会。可见清华革命之说确是合乎当时各方的要求。

嚣张是不须讳言的，但是求知的欲望也同时变得非常旺盛，对于一切的新知都急不暇择地吸收进去。我每次进城，在东安市场、劝业场、青云阁等处书摊旁边不知消磨多少时光，流连不肯去，几乎凡有新刊必定购置。不是我一人如此，多少敏感的青年学生都是如此。

我记得仔细阅读过的书刊包括：胡适的《实验主义》《尝试集》《短篇小说集》《中国哲学史》，周作人的《欧洲文学史》《域外小说集》，王星拱的《科学方法论》，潘家询译的《易卜生戏剧》，"少年中国"的丛书，共学社的丛书、《晨报》丛书等等。《新潮》《新青年》等杂志更不待言，是每期必读的。当然，那时候学力未充，鉴别无力，自己并无坚定的见地，但是扩充眼界，充实腹笥，总是一件好事。所以我那时看的东西很杂，进化论与互助论、资本论与安那其主义、托尔斯泰与萧伯纳、罗素与柏格森、泰戈尔与王尔德，兼收并蓄，杂糅无章。没有人指导，没有人讲解，暗中摸索，有时自以为发掘到宝藏而沾沾自喜，有时全然失去比例与透视。幸而，由于我的天生的性格，由于我的家庭的管教，我尚能分辨出什么是稳健的康庄大道，什么是行险侥幸的邪恶小径。三十岁以后，自己知道发奋读书，从来不敢懈怠，但是求知的狂热同"五四"以后的那一段期间仍然是无可比拟的。

因为探求新知过于热心，对于学校的正常的功课反倒轻视疏忽了。基本的科学不感兴趣，敷敷衍衍地读完一年生物学之后，对于物理、化学即不再问津，这一缺憾至今无法补偿。对于数学，我更没有耐心，自己给自己制造了一个借口曰："性情不

近"。梁任公先生创"趣味说"，我认为正中下怀。我对数学不感
兴趣，因此数学的成绩仅能勉强维持及格而并不觉得惭怍。不但
此也，在英文班上读些文学名著，也觉得枯燥无味，莎士比亚的
戏亦不能充分赏识，他的文字虽非死文字，究竟嫌古老些，哪有
时人翻译出来的现代作品那样轻松？于是有人谈高尔华绥、萧伯
纳、王尔德、易卜生，亦从而附和之；有人谈莫泊桑、柴霍甫、屠
格涅夫、法朗士，亦从而附和之。如响斯应，如影斯随，追逐时尚，
惶惶然不知其所届。这是"五四"以后之一窝蜂的现象，表面上轰
轰烈烈，如花团锦簇，实际上不能免于浅薄幼稚。

七

清华学生全体住校，自成一个社团，故课外活动也就比较多
些。我初进清华，对音乐、图画都很热心：教音乐的教师Miss
Seeley循循善诱，仪态万千，是颇受学生欢迎的一个人。她令学
生唱校歌（清华的校歌是英文的），以测验学生歌唱的能力，我
一试便引起她的注意，因为我声音特高，而且我能唱出校歌两阕
的全部歌词。后来我就当选为清华幼年歌咏团的团员。不知为什
么，这位教师回国后就一直没有替人，同时我的嗓音倒了之后亦
未能复原，于是从此我和音乐绝缘。教图画的教师先是一位Miss
Starr，后是一位Miss Lyggate，教我们白描，教我们写生、炭

画、水彩画。可惜的是我所喜欢的是中国画，并且到了中等科三年级，也就没有图画一课了。

我在图画、音乐上都不得发展，兴趣转到了写字上面去。在小学的时候，教师周士菜（香如）先生教我们写草书《千字文》，这是白折子九宫格以外的最有趣的课外作业；我的父亲又鼓励我涂鸦，因此我一直把写字当作一种享受。我在清华八年所写的家信，都是写在特制的宣纸信笺上，每年装订为一册，全是墨笔恭楷。这习惯一直维持到留学回国为止。有一天我和同学吴卓（鹄飞）、张嘉铸（禹九）商量，想组织一个练习写字的团体。吴卓写得一笔好赵字，张嘉铸写得一笔酷似张廉卿的魏碑体，众谋金同，于是我就着手组织，征求同好。我的父亲给我们起了一个名字，曰："清华戏墨社。"大字、小楷同时并进。包世臣的《艺舟双楫》、康有为的《广艺舟双楫》成了我的手边常备的参考书。我本来有早起的习惯，七点打起床钟，我六点就盥洗完毕，天蒙蒙亮，我和几位同学就走进自修室，正襟危坐，磨墨伸纸。如是者二年，不分寒暑，从未间断，举行过几次展览。我最初看吴卓临赵孟頫《天冠山图咏》，见猎心喜，但是我父亲不准我写，认为应先骨格而后妩媚，要我写颜真卿的《争座位》和柳公权的《玄秘塔》，同时供给我大量的珂罗版的汉碑，主要的是张迁碑、白石神君碑、孔庙碑，而以曹全碑殿后。这样临摹了两年，孤芳自赏，但愧未能持久。本无才力，终鲜功夫，至今拿起笔杆不能运用自如，是一憾事。

清华不是教会学校，所以并没有什么宗教气氛，但是有些外国教师及一些热心的中国人仍然不忘传教。例如查经班、青年会之类均应有尽有。可是同时也有一批国粹派，出面提倡孔教以为对抗。我对于宗教没有兴趣，不过于耶教、孔教二者，若是必须做一选择，我宁取后者，所以我当时便参加了一些孔教会的活动，例如在孔教会附设的贫民补习班和工友补习班里授课之类。不过孔子的学说根本不能构成宗教，所谓国教运动尤其讨厌。

"五四"以后，心情丕变。任何人在青春时期都会"怨黄莺儿作对，怪粉蝶儿成双"，都会变成一个诗人。我也在荷花池畔开始吟诗了。有一首诗就题为《荷花池畔》，后来发表在《创造季刊》第四期上。我从事文艺写作是在我进入高等科之初，起先是几个朋友（顾毓琇、张忠绂、翟桓等）在校庆日之前，凑热闹翻译了一本《短篇小说作法》。这是一本没有什么价值的书，不知为何选中了它。我们的组织定名为"小说研究社"，向学校借占了一间空的寝室作为会所。后来我们认识了比我们高两级的闻一多，是他提议把小说研究社改为"清华文学社"，添了不少新会员，包括朱湘、孙大雨、闻一多、谢文炳、饶子离、杨子惠等。闻一多是个多才多艺的人，他不仅年纪比我们大两岁，在心理的成熟方面以及学识、修养方面，都比我们不止大两岁，我们都把他当作老大哥看待。他长于图画，而国文根底也很坚实，作诗仿韩昌黎、硬语盘空、雄浑恣肆，而情感丰富、正直无私。这时候，我和一多都大量地写白话诗，朝夕观摩，引为乐事。我们对于当时的几部诗集颇有一些意见，《冬夜》里有"被窝暖暖的，人儿远远的"之句，《草儿》里有"旗呀，旗呀，红黄蓝白黑的旗呀"这样的一首，还有"如厕是早起后第一件大事"之句，我们都认为俗恶不堪；就诗论诗，倒是《女神》的评价最高。基于这一点意见，一多写了一篇长文《〈冬夜〉评论》，由我寄给北京《晨报副刊》（孙伏园编）。我们很天真，以为报纸是公开的园地，我们以为文艺是可以批评的，但事实不如此。稿寄走之后，如石沉大海，杳无音讯，几番函询亦不得复音。幸亏尚留底稿。我决定自行刊印，自己又写了一篇《〈草儿〉评论》，合为《〈冬夜〉〈草儿〉评论》，薄薄的一百多页，用去印刷费百余元，是我父亲供给我的。这一小册的出版引起两个反响，一个是《努力周报》署名"哈"的一段短评，当然是冷嘲热骂，一个是创造社《女神》作者的来信赞美。由于此一契机，我认识了创造社诸君。

我有一次暑中送母亲回杭州，路过上海，到了哈同路民厚南里，见到郭、郁、成几位。我惊讶的不是他们生活的清苦，而是他们生活的颓废，尤以郁为最。他们引我从四马路的一端，吃大碗的黄酒，一直吃到另一端，在大世界追野鸡，在堂子里打茶围，这一切对于一个清华学生是够恐怖的。后来郁达夫到清华来看我，要求我两件事，一是访圆明园遗址，一是逛北京的四等窑子。前者我欣然承诺，后者则清华学生素无此等经验，未敢奉陪（后来他找到他的哥哥的洋车夫陪他去了一次，他表示甚为满意云）。

差不多同时，我也由于通信而认识了南京高师的胡昭佐（梦华），由于他而认识了吴宓（雨僧），后来又认识了梅光迪（迪生）、胡先骕（步青）诸位。对于南京一派比较守旧的思潮，我也有一点同情，并不想把他们一笔抹杀。

我的父亲总是担心我的国文根底不够，所以每到暑假他就要我补习国文。我的教师是仪征陈止（孝起）先生，他的别号是大镫，是一位纯旧式的名士，诗词文章无所不能，尤好收集小品古董，家里满目琳琅。我隔几天送一篇文章请他批改，偶然也作一点旧诗。但是旧文学虽然有趣，我可以研究、欣赏，却无模拟的兴致，受过"五四"洗礼的人是不能再回复到以前的那个境界里去了。

八

临毕业前一年是最舒适的一年，搬到向往已久的大楼里面去住，别是一番滋味。这一部分的宿舍有较好的设备，床是钢丝的，屋里有暖气炉，厕所里面有淋浴，有抽水马桶。不过也有人不能适应抽水马桶，以为做这种事而不采取蹲的姿势是无法完成任务的（我知道顾德铭即是其中之一，他一清早就要急急忙忙跑到中等科去"照顾"那九间楼）。可见吸收西方文化也并不简单，虽然绝大多数的人是乐于接受的。

和我同寝室的是顾毓琇、吴景超、王化成，四个少年意气扬扬共居一室，曾经合照过一张相片，坐在一条长凳上，四副近视眼镜，四件大长袍，四双大皮鞋，四条翘起来的大腿，一派生楞的模样。过了二十年，我们四个在重庆偶然聚首，又重照了一张，当时大家就意识到这样的照片一生中怕照不了几张。当时约定再过二十年一定要再照一张。现在拍照第三张的时期已过，而顾毓琇定居在美国，王化成在葡萄牙任公使多年之后病殁在美国，吴景超在大陆上，四人天各一方，萍踪漂泊，再聚何年？今日我回忆四十年前的景况，恍如昨日：顾毓琇以"一樵"的笔名忙着写他的《芝兰与茉莉》，寄给文学研究会出版；我和景超每星期都要给《清华周刊》写社论和编稿。提起《清华周刊》，那也是值得回忆的事。我不知哪一个学校可以维持出版一种百八十页的周刊，历久而不停，里面有社论，有专文，有新闻，有通讯，有文艺。我们写社论常常批评校政，有一次我写了一段短评，鼓吹男女同校，当然不是为私人谋，不过措词激烈了一点，对校长之庸弱无能大肆抨击。那时的校长是曹云祥先生（好像是做过丹麦公使，娶了一位洋太太，学问、道德如何，则我不大清楚），大为不悦，召吴景超去谈话，表示要给我记大过一次。景超告诉他："你要处分是可以的，请同时处分我们两个，因为我们负共同责任。"结果是采官僚作风，不了了之。我喜欢文学，清华文学社的社员经常有作品产生。不知我们这些年轻人为什么有那样大的胆量，单凭一点点热情，就能振笔直书从事创作。这些作品经由我的安排，便大量地在《周刊》上发表了，每期有篇幅甚多的文艺一栏自不待言，每逢节日还有特刊、副刊之类，一时文风甚盛。这却激怒了一位同学（梅汝璈），他投来一篇文章《辟文风》。我当然给他登出来，然后再辞而辟之。我之喜欢和人辩驳问难，盖自此时始，我对于写稿和编辑刊物也都在此际得到初步练习的机会。《周刊》在经济方面是学校支持的，这项支出有其教育的价值。

我以《清华周刊》编者的名义，到城里陟山门大街去访问胡适之先生。缘因是梁任公先生应《清华周刊》之请，写了一个国学必读书目，胡先生不以为然，公开地批评了一番。于是我径去访问胡先生，请他也开一个书目。胡先生那一天病腿，躺在一张藤椅上见我，满屋里堆的是线装书。这是我第一次见到胡先生，清癯的面孔，和蔼而严肃。他很高兴地应了我们的请求。后来我们就把他开的书目发表在《清华周刊》上了。这个书目引出吴稚晖先生的一句名言："线装书应该丢到茅厕坑里去！"

我必须承认，在最后两年实在没有能好好地读书，主要的原因是心神不安。我在这时候经人介绍认识了程季淑女士，她是安徽绩溪人，刚从女子师范毕业，在女师附小教书。我初次和她会晤是在宣外珠巢街女子职业学校里。那时候男女社交尚未公开，双方家庭也是相当守旧的，我和季淑来往是秘密进行的，只能在中央公园、北海等地约期会晤。我的父亲知道我有女友，不时地给我接济，对我帮助不少。我的三妹亚紫在女师大，不久和季淑成了很好的朋友。青春初恋期间，谁都会神魂颠倒，睡时、醒时、行时、坐时，无时不有一个倩影盘踞在心头，无时不感觉热血在沸腾，坐卧不宁，寝食难安，如何能沉下心读书？"一日不见，如三秋兮！"更何况要等到星期日才能进得城去谋片刻的欢会？清华的学生有异性朋友的很少，我是极少数特殊幸运的一个。因为我们每星期日都风雨无阻地进城去会女友，李迪俊曾讥笑我们为"主日派"。

对于毕业出国，我一向视为畏途。在清华有读不完的书，有住不腻的环境，在国内有舍不得离开的人，那么又何必去父母之邦？所以和闻一多屡次商讨，到美国那样的汽车王国去，对于我们这样的人有无必要？会不会到了美国被汽车撞死为天下笑？一多先我一年到了美国，头一封来信劈头一句话便是："我尚未被汽车撞死！"随后劝我出国去开开眼界。事实上，清华也还没有过毕业而拒绝出国的学生。我和季淑商量，她毫不犹豫地劝我就道，虽然我们知道那别离的滋味是很难熬的。这时候我和季淑已有成言，我答应她，三年为期，期满即行归来。于是我准备出国。季淑绣了一幅《平湖秋月图》给我，这幅绣图至今在我身边。

出国就要治装，我不明白为什么外国人到中国来不需治中装，而中国人到外国去就要治西装。清华学生平素没有穿西装的，都是布衣、布褂，我有一阵还外加布袜、布鞋。毕业期近，学校发一笔治装费，每人约三五百元之数，统筹办理，由上海恒康西服庄派人来承办。不匝月而新装成，大家纷纷试新装，有人缺领巾，有人缺衬衣，有的肥肥大大如稻草人，有的窄小如猴子穿戏衣，真可说得上是"沐猴而冠"。这时节我怀想红顶花翎朝靴袍褂出使外国的李鸿章，他有那一份胆量不穿西装，虽然翎顶袍褂也并非我们原来的上国衣冠。我有一点厌恶西装，但是不能不跟着大家走。在治装之余，我特制了一面长约一丈的绸质大国旗。这在后来派了很大的用场，在美国好多次集会（包括孙中山先生逝世时纽约中国人的追悼会）都借用了我这一面特大号的国旗。

到了毕业那一天（六月十七日），每人都穿上白纺绸长袍、黑纱马褂，在校园里穿梭般走来走去，像是一群花蝴蝶。我毕业还不是毫无问题的。我和赵敏恒二人因游泳不及格，几乎不得毕业，我们临时苦练，豁出去喝两口水，连爬带泳，凑合着也补考及格了，体育教员马约翰先生望着我们两个人只是摇头。行毕业典礼那天，我还是代表全班的三个登台致辞者之一。我的讲词规定是预言若干年后同学们的状况，现在我可以说，我当年的预言没有一句是应验了的！例如：谢奋程之被日军刺杀，齐学启之殉国，孔繁祁之被汽车撞死，盛斯民之疯狂以终，这些倒霉的事固然没有料到，比较体面的事如孙立人之于军事，李先闻之于农业，李方桂之于语言学，应尚能之于音乐，徐宗涑之于水泥工业，吴卓之于糖业，顾毓琇之于电机工程，施嘉炀之于土木工程，王化成、李迪俊之于外交……均有卓越之成就，而当时也并未窥见端倪。至于区区我自己，最多是小时了了，到如今一事无成，徒伤老大，更不在话下了。毕业那一天有晚会，演话剧助兴，剧本是顾一樵临时赶编的三幕剧《张约翰》。剧中人物有女性二人，谁也不愿担任，最后由我和吴文藻承乏。我的服装有季淑给我缝制的一条短裤和短裙，但是男人穿高跟鞋则尺寸不合无法穿着，最后向 Miss Lyggate 借来一试，还略嫌松一点点。演出时我特请季淑到校参观，当晚下榻学生会办公室。事后我问她我的表演如何，她笑着说："我不敢仰视。"事实上这不是我第一次演戏，前一年我已经演过陈大悲编的《良心》，导演人即是陈大悲先生。不过串演女角，这是生平仅有的一次。

拿了一纸文凭便离开了清华园，不知道是高兴还是哀伤。两辆人力车，一辆拉行李，一辆坐人，在骄阳下一步一步地踏向西直门，心里只觉得空虚怅惘。此后两个月中酒食征逐，意乱情迷，紧张过度，遂患甲状腺肿，眼珠突出，双手抖颤，积年始愈。

家父给了我同文书局石印大字本的前四史，共十四函，要我在美国课余之暇随便翻翻，因为他始终担心我的国文根底太差。这十四函线装书足足占我大铁箱的一半空间。这原是吴稚晖先生认为应该丢进茅厕坑里去的东西，我带过了太平洋，又带回了太平洋，差不多是原封未动缴还给家父，实在好生惭愧。老人家又怕在美膏火不继，又给了我一千元钱，半数买了美金硬币，半数我在上海用掉。我自己带了一具景泰蓝的香炉、一些檀香木和粉，因为我认为这是中国文化中最好的一项代表性的艺术品。我一向向往"焚香默坐"的那种境界。这一具香炉，顶上有一铜狮，形状瑰丽，闻一多甚为欣赏，后来我在科罗拉多和他分手时便举以相赠。我又带了一对景泰蓝花瓶，后来为了进哈佛大学的缘故，在暑期中赶补拉丁文，就把这对花瓶卖了五十元美金充学费了。此外我还在家里搜寻了许多绣活和朝服上的"黻子"，后来都成了最受人欢迎的礼物。

一九二三年八月里，在凄风苦雨里的一天早晨，我在院里走廊上和弟妹们吹了一阵胰子泡，随后就噙着泪拜别父母，起身到上海候船放洋。在上海停了一星期，住在旅馆里写了一篇纪实的短篇小说，题为《苦雨凄风》，刊在《创造周报》上。我这一班，在清华是最大的一班，入学时有九十多人，上船时淘汰剩下六十多人了。登"杰克逊总统"号的那一天，船靠在浦东，创造社的几位到码头上送我。住在嘉定的一位朋友派人送来一面旗子，上面亲自绣了"乘风破浪"四个字。其实我哪里有宗慤的志向？我愧对那位朋友的期望。

清华八年的生涯就这样结束了。

相声记

＊本篇原载于1947年7月27日天津《益世报·星期小品》第二期，署名绿鸽。

我要记的不是听相声，而是我自己说相声。

在抗战期间有一次为了筹什么款开游艺大会，有皮黄，有洋歌，有杂耍，少不了要一段相声。后台老板瞧中了老舍和我，因为我们两个平素就有点贫嘴呱舌，谈话就有一点像相声，而且焦德海、草上飞也都瞻仰过，别的玩意不会，相声总还可以凑合。老舍的那一口北平话真是地道，又干脆又圆润又沉重，而且土音土语不折不扣；我的北平话稍差一点，真正的北平人以为我还行，外省人而自以为会说官话的人就认为我说得不大纯粹。老舍的那一张脸，不用开口就够引人发笑，老是绷着脸，如果龇牙一笑，能立刻把笑容敛起，像有开关似的。头顶上乱蓬蓬的一撮毛，没梳过，倒垂在又黑又瘦的脸庞上。衣领大约是太大了一点，扣上纽扣还是有点松，把那个又尖又高的"颏里嗦"（北平土话，谓

"喉结")露在外面。背又有点驼，迈着八字步。真是个相声的角色。我比较起来，就只好去当那个挨打的。我们以为这事有关抗战，义不容辞，于是就把这份差事答应了下来。老舍挺客气，决定头一天他逗我捧，第二天我逗他捧。不管谁逗谁捧，事实上我总是那个挨打的。

本想编一套新词儿，要与抗战有关，那时候有这么一股风气，什么都讲究抗战，在艺坛上而不捎带上一点抗战，有被驱逐出境的危险。老舍说："不，这玩意儿可不是容易的，老词儿都是千锤百炼的，所谓雅俗共赏，您要是自己编，不够味儿。咱们还是挑两段旧的，只要说得好，陈旧也无妨。"于是我们选中了《新洪洋洞》《一家六口》。老舍的词儿背得烂熟，前面的帽子也一点不含糊，真像是在天桥长大的。他口授，我笔记。我回家练了好几天，醒来睁开眼就嚷："你是谁的儿子……我是我爸爸的儿子……"家里人听得真腻烦，我也觉得一点都不好笑。

练习熟了，我和老舍试着预演一次。我说爸爸儿子的乱扯，实在不大雅，并且我刚说"爸爸"二字，他就"啊"一声，也怪别扭的。他说："不，咱们中国群众就爱听这个，相声里面没有人叫爸爸就不是相声。这一节可千万删不得。"对，中国人是觉得当爸爸是便宜事，这就如同做人家的丈夫也是便宜事一样。我记得抬滑竿的前后二人喜欢一唱一答，如果他们看见迎面走来一位摩登女郎，前面的就喊"远看一朵花"，后面的接声说"叫我的儿子喊她妈"。我们中国人喜欢在口头上讨这种阿Q式的便宜，所谓"夜壶掉了把儿"，就剩了一个嘴了。其实做了爸爸或丈夫，是否就是便宜，这笔账只有天知道。

照规矩说相声得有一把大折扇，到了紧要关头，敲在头上啪的一声，响而不疼。我说："这可以免了。"老舍说，"行，虚晃一下好了，别真打。可不能不有那么一手儿，否则煞不住。"

一切准备停当，游艺大会开幕了，我心里直扑通。我先坐在池子里听戏，身旁一位江苏模样的人说了："你说什么叫相声？"旁边另一位高明的人说："相声，就是昆曲。"我心想真糟。

锣鼓歇了，轮到相声登场。我们哥儿俩大摇大摆地蹚到台前，深深地向观众鞠了一躬，然后一边一块，面部无表情，直挺挺地一站，两件破纺绸大褂，一人一把大扇子。台下已经笑不可抑。老舍开言道："刚才那个小姑娘的洋歌唱得不错。"我说："不错！"一阵笑。"现在咱们两个小小子儿伺候一段相声。"又是一阵笑。台下的注意力已经被抓住了，后台刚勾上半个脸的张飞也蹭到台上听来了。

老舍预先嘱咐我，说相声讲究"皮儿薄"，一戳就破。什么叫"皮儿薄"，就是说相声的一开口，底下就得立刻哗的一阵笑，一点不费事。这一回老舍可真是"皮儿薄"，他一句话，底下是一阵笑，我连捧的话都没法说了，有时候我们需要等半天笑的浪潮消下去之后才能继续说。台下越笑，老舍的脸越绷，冷冰冰的像是谁欠他二百两银子似的。

最令观众发笑的一点是我们所未曾预料到的。老舍一时兴起，忘了他的诺言，他抽冷子恶狠狠地拿扇子往我头上敲来。我看他来势不善往旁一躲，扇子不偏不倚地正好打中我的眼镜框子。眼镜本来很松，平常就往往出溜到鼻尖上，这一击可不得了，哗啦一声，眼镜掉下来了，我本能地两手一捧，把眼镜接住了。台下鼓掌喝彩大笑，都说这一手儿有功夫。

我们的两场相声，给后方的几百个观众以不少的放肆的大笑，可是我很惭愧，内容与抗战无关。人生难得开口笑。我们使许多愁眉苦脸的人开口笑了，事后我在街上行走，常有人指指点点地说："看，那就是那个说相声的！"

演戏记

人生一出戏，世界一舞台，这是我们所熟知的，但是"戏中戏"还不曾扮演过，不无遗憾。有一天，机缘来了，说是要筹什么款，数目很大，义不容辞，于是我和几个朋友便开始筹划。其实我们都没有舞台经验，平素我们几个人爱管闲事，有的是嗓门大，有的是爱指手画脚、吹胡瞪眼的，竟被人误认为有表演天赋。我们自己也有此种误会，所以毅然决定演戏。

演戏的目的是为筹款，所以我们最注意的是不要赔钱。因此我们做了几项重要决定：第一是借用不花钱的会场，场主说照章不能不收费，不过可以把照收之费如数地再捐出来，公私两便。第二是请求免税，也照上述公私两便的办法解决了。第三是借幕、借道具、借服装、借景片、借导演，凡能借的全借，说破了嘴、跑断了腿，全借到了。第四是同仁公议，结账赚钱之后才可以"打牙祭"，结账以前只有开水恭候。这样，我们的基本保障算是有了。

选择剧本也很费心思，结果选中了一部翻译的剧本，其优点是五幕只要一个布景，内中一幕稍稍挪动一下就行，省事。再一优点是角色不多，四男三女就行了。是一出悲剧，广告上写的是"恐怖、紧张……"其实并不，里面还有一点警世的意味，颇近于所谓"社会教育"。

分配角色更困难了，谁也不肯做主角，怕背戏词。一位山西朋友自告奋勇，他小时候上过台，后来一试，一大半声音都是从鼻子里面拐弯抹角而出，像是脑后音，招得大家哄堂。最后这差事落在我的头上。

排演足足有一个月的时间，每天公余大家便集合在小院里，怪声怪气地乱嚷嚷一阵，多半的时间消耗在笑里。有一个人扑哧一声，立刻传染给大家，全都前仰后合了，导演也忍俊不禁，勉强按着嘴，假装正经，小脸憋得通红。四邻的孩子们是热心的观众，爬上山头，翻过篱笆，来看这一群小疯子。一幕一幕地排，一景一景地抽，戏词、部位、姿势忘了一样也不行，排到大家头昏脑涨、心烦意懒的时候，导演宣布可以上演了。先预演一次。

一辈子没演过戏，演一回戏总得请请客。有些帮忙的机关代表不能不请，有些地头蛇不能不请，有些私人的至亲好友、七姑八姨也不能不请，全都乘这次预演的机会一总做个人情。我们借的剧场是露天的，不，有个大席棚，戏台是真正砖瓦砌盖的。剧场可容千把人，预演那一晚，请的客衮衮而来，一霎间就坐满了。三声锣响，连拉带扯地把幕打开了。

我是近视眼，去了眼镜只见一片模糊。将近冬天，我借的一身单薄西装，冻出一身鸡皮疙瘩。我一上台，一点也不冷，只觉得热。因为我的对手把台词忘了，我接不上去，我的台词也忘了，有几秒钟的工夫两个人干瞪眼。虽然不久我们删去了几节对话仍旧能应付下去，但是我觉得我的汗攻到头上来，脸上全是油彩，汗不得出，一着急，毛孔眼一张，汗迸出来了，在光滑的油彩上一条条地往下流，不能揩，一揩变成花脸了。排演时没有大声吼过，到了露天剧场里不由自主地把喉咙提高了，一幕演下来，我的喉咙哑了。导演急忙到后台关照我："你的声音太大了，用不着那样使劲。"第二幕我根本嚷不出声了，更急，更出汗，更渴，更哑，更急。

天无绝人之路，这一场预演把我累得不可开交之际，天空隐隐起了雷声，越来越近，俄而大雨倾盆。观众一个都没走，并不是我们的戏吸引力太大，是因为雨太骤他们来不及走。席棚开始漏水，观众哄然散，有一部分人照直跳上了舞台避雨，戏算是得了救。我蹚着一尺深的水回家，泡了一大碗的"澎大海"，据说可以润喉。我的精神已经总崩溃了，但是明天正式上演，还得精神总动员。

票房是由一位细心而可靠的朋友担任的。他把握着票就如同把握着现钞一样的紧。一包一包的票，一包一包的钱，上面标着姓名标着钱数，一小时结一回账。我们担心的是怕票销不出去，他担心的是怕票预先推销净尽而临时门口没票可卖，所以不敢放胆推票。

第二天正式上演了，门口添了一盏雪亮的水电灯，门口挤满了一圈子的人，可是很少人到窗口买票。时间快到了，我扒开幕缝偷偷一看，疏疏落落几十个人，我们都冷了半截。剧场里来回奔跑的，客少，招待员多。有些客疑心是来得太早，又出去买橘柑去了，又不好强留。顶着急的是那位票房先生。好容易拖了半点钟算是上满了六成座，原来订票的不一定来，真想看戏的大半都在预演时来领教过了。

我的喉咙更哑了，从来没有这样哑过。几幕的布景是一样的，我一着急，把第二幕误会成第三幕了，把对话的对手方吓得张口结舌。蹲在幕后提词的人急得直嚷："这是第二幕！这是第二幕！"我这才如梦初醒，镇定了一下，勉强找到了台词，一身大汗如水洗似的。第三幕上场，导演亲自在台口叮嘱我说："这是第三幕了。"我这一回倒是没有弄错，可是精神过于集中在这是第几幕，另外又出了差池。我应该在口袋里带几张钞票，作赏钱用，临时一换裤子，把钞票忘了，伸手掏钱的时候，左一摸没有，右一摸没有，情急而智并未生，心想台下也许看不清，握着拳头伸出去，作给钱状，偏偏第一排有个眼快口快的人大声说："他的手里是空的！"我好窘。

最窘的还不是这个。这是一出悲剧，我是这悲剧的主角，我表演的时候并没有忘记这一点。我动员了我所有的精神上的力量，设身处地地想我即是这剧里的人物，我激动了真的情感，我觉得我说话的时候，手都抖了，声音都颤了，我料想观众一定也是受感动的。但是，不。我演到最重要的关头，我觉得紧张得无以复加了，忽然听得第一排上一位小朋友指着我大声地说："你看！他像贾波林！"紧接着是到处扑哧扑哧的笑声，悲剧的氛围完全消逝了。我注意看，前几排观众大多数都张着口、带着笑容地在欣赏这出可笑的悲剧。我好生惭愧。事后对镜照看，是有一点像贾波林，尤其是化装没借到胡子，再做嫌费事，只在上唇用墨笔抹了一下，衬上涂了白灰的脸，加上黑黑的两道眉，深深的眼眶，举止动作又是那样僵硬，不像贾波林像谁？我把这情形报告了导演，他笑了，但是他给了我一个很伤心地劝慰："你演得很好，我劝你下次演戏挑一出喜剧。"

还有一场呢。我又喝了一天"澎大海"，嗓音还是沙楞楞的。这一场上座更少了，离开场不到二十分钟，性急的演员扒着幕缝向外看，回来报告说："我数过了，一、二、三，一共三个人。"

等一下又回来报告，还是一、二、三，一共三个人。

我急了，找前台主任，前台主任慌作一团，对着一排排的空椅发怔。旁边有人出主意，邻近的××学校的学生可以约来白看戏。好，就这么办。一声呼啸，不大的工夫，调来了二百多。

开戏了。又有人出主意，把大门打开，欢迎来宾。不大的工夫座无隙地，我们打破了一切话剧上座的纪录。

戏演完了，我的喉咙也好了。遇到许多人，谁也不评戏的好坏，见了面只是道辛苦。辛苦确实是辛苦了，此后我大概不会再演戏。就是喜剧也不敢演，怕把喜剧又演成悲剧。

事后结账，把原拟的照相一项取消，到"三六九"打了一次牙祭，净余二千一百二十八元，这是筹款的结果。

纽约的旧书铺

★本篇原载于1928年10月10日《新月》月刊第一卷第八号"零星"专栏。

我所看见的在中国号称"大"的图书馆，有的还不如纽约下城十四街的旧书铺。纽约的旧书铺是极引诱人的一种去处，假如我现在想再到纽约去，旧书铺是我所要首先去流连的地方。

有钱的人大半不买书，买书的人大半没有多少钱。旧书铺里可以用最低的价钱买到最好的书。我用三块五角钱买到一部Jewett译的《柏拉图全集》，用一块钱买到第三版的《亚里士多德之诗与艺术的学说》，就是最著名的那个Butcher的译本——这是我买便宜书之最高的纪录。

罗斯丹的戏剧全集，英文译本，有两大厚本，定价想来是不便宜，有一次我陪着一位朋友去逛旧书铺，在一家看到全集的第一册，在那一家又看到全集的第二册，我们便不动声色地用五角钱买了第一册，又用五角钱买了第二册。用同样的方法我们在三家书铺又拼凑起一部《品内罗戏剧全集》。后来我们又想如法炮制拼凑一部《易卜生全集》，无奈工作太伟大了，没有能成功。

别以为买旧书是容易事。第一，你这两条腿就受不了，串过十几家书铺以后，至少也要三四个钟头，则两腿谋革命矣。饿了的时候，十四街有的是卖"热狗"的，腊肠似的鲜红的一条肠子夹在两瓣面包里，再涂上一些芥末，颇有异味。再看看你两只手，可不得了，至少有一分多厚的灰尘。然后你左手挟着一包，右手提着一包，在地底电车里东冲西撞地踉跄而归。

书铺老板比买书的人精明。什么样的书有什么样的行市，你不用想骗他。并且买书的时候还要仔细，有时候买到家来便可发现版次的不对，或竟脱落了几十页。遇到合意的书不能立刻就买，因为顶痛心的事无过于买妥之后走到别家价钱还要便宜；也不能不立刻就买，因为才一回头的工夫，手长的就许先抢去了。这里面颇有一番心机。

在中国买英文书，价钱太贵还在其次，简直的就买不到。因此我时常地忆起纽约的旧书铺。

辑三　槐园梦忆

槐园梦忆

—— 悼念故妻程季淑女士

一

　　季淑于一九七四年四月三十日逝世，五月四日葬于美国西雅图之槐园（Acacia Memorial Park）。槐园在西雅图市的极北端，通往包泽尔（Bothell）的公路的旁边，行人老远地就可以看见那一块高地，芳草如茵，林木蓊郁，里面的面积很大，广袤约百数十亩。季淑的墓在园中之桦木区（Birch Area），地号是16-C-33，紧接着的第十五号是我自己的预留地。这个墓园本来是共济会所创建的，后来变为公开，非会员亦可使用。园里既没有槐，也没有桦，有的是高大的枞杉和山杜鹃之属的花木。此地墓而不坟，墓碑有标准的形式与尺寸，也是平铺在地面上，不是竖立着的，为的是便利机车割草。墓地一片草皮，永远是绿茸茸，经常有人修剪浇水。墓旁有一小喷水池，虽只喷涌数尺之高，但汩汩之泉其声呜咽，逝者如斯，发人深省。往远处看，一层层的树，一层层的山，天高云谲，瞬息万变；俯视近处，则公路蜿蜒，车如流水。季淑就是在这样的一个地方长眠千古。

"圣人忘情，最下不及情，情之所钟，正在我辈。"这是很平实的话。虽不必如苟粲之惑溺，或蒙庄之鼓歌，但夫妻胖合，一旦永诀，则不能不心中惨怛。"美国华盛顿大学心理治疗系教授霍姆斯设计一种计点法，把生活中影响我们的变异，不论好坏，依其点数列出一张表。"（见一九七四年五月份《读者文摘》中文版）在这张表上"丧偶"高列第一，一百点，依次是离婚七十三点，判服徒刑六十三点等等。丧偶之痛的深度是有科学统计的根据的。我们中国文学里悼亡之作亦屡屡见，晋潘安仁有《悼亡诗》三首：

荏苒冬春谢，寒暑忽流易。

之子归穷泉，重壤永幽隔！

私怀谁克从，淹留亦何益？

僶俛恭朝命，回心反初役。

望庐思其人，入室想所历。

帏屏无髣髴，翰墨有余迹。

流芳未及歇，遗挂犹在壁。

怅恍如或存，回惶忡惊惕。

如彼翰林鸟，双栖一朝只。

如彼游川鱼，比目中路析。

春风缘隙来，晨溜承檐滴。

寝息何时忘，沈忧日盈积。

庶几有时衰，庄缶犹可击。

皎皎窗中月，照我室南端。

清商应秋至，溽暑随节阑。

凛凛凉风升，始觉夏衾单。

岂曰无垂纩，谁与同岁寒？

岁寒无与同，朗月何胧胧！

辗转盼枕席，长簟竟床空！

床空委清尘，室虚来悲风。

独无李氏灵，仿佛睹尔容！

抚襟长叹息，不觉涕沾胸。

沾胸安能已，悲怀从中起。

寝兴目存形，遗音犹在耳。

上惭东门吴，下愧蒙庄子。

赋诗欲言志，此志难具纪。

命也可奈何，长戚自令鄙。

曜灵运天机，四节代迁逝。

凄凄朝露凝，烈烈夕风厉。

奈何悼淑俪，仪容永潜翳！

念此如昨日，谁知已卒岁！

改服从朝政，哀心寄私制。

茵帱张故房，朔望临尔祭。

尔祭讵几时，朔望忽复尽。

衾裳一毁撤，千载不复引。

亹亹期月周，戚戚弥相愍。

悲怀感物来，泣涕应情陨。

驾言陟东阜，望坟思纡轸。

徘徊墟墓间，欲去复不忍。

徘徊不忍去，徙倚步踟蹰。

落叶委埏侧，枯荄带坟隅。

孤魂独茕茕，安知灵与无？

投心遵朝命，挥涕强就车。

谁谓帝宫远，路极悲有余！

　　这三首诗从前读过，印象不深，现在悼亡之痛轮到自己，环诵再三，从"重壤永幽隔"至"徘徊墟墓间"，好像潘安仁为天下丧偶者道出了心声。故录此诗于此，代摅我的哀思。不过古人为诗最重含蓄蕴藉，不能有太多的细腻的写实的描述。例如，我到季淑的墓上去，我的感受便不只是"徘徊不忍去"，亦不只是"孤魂独茕茕"，我要先把鲜花插好（插在一只半埋在土里的金属瓶里），然后灌满了清水；然后低声地呼唤她几声，我不敢高声喊叫，无此需要，并且也怕惊了她；然后我把一两个星期以来所发生的比较重大的事报告给她，我不能不让她知道她所关切的事；然后我默默地立在她的墓旁，我的心灵不受时空的限制，飞跃出去和她的心灵密切吻合在一起。如果可能，我愿每日在这墓园盘桓，回忆既往，没有一个地方比槐园更使我时时刻刻地怀念。

死是寻常事，我知道，堕地之时，死案已立，只是修短的缓刑期间人各不同而已。但逝者已矣，生者不能无悲。我的泪流了不少，我想大概可以装满罗马人用以殉葬的那种"泪壶"。有人告诉我，时间可以冲淡哀思。如今几个月已经过去，我不再泪天泪地地哭，但是哀思却更深了一层，因为我不能不回想五十多年的往事，在回忆中好像我把如梦如幻的过去的生活又重新体验一次。季淑没有死，她仍然活在我的心中。

二

季淑是安徽省徽州绩溪县人。徽州大部分是山地，地瘠民贫，很多人以种茶为业，但是皖南的文风很盛，人才辈出。许多人外出谋生，其艰苦卓绝的性格大概和那山川的形势有关。季淑的祖父程公讳鹿鸣，字苹卿，早岁随经商的二伯父到了京师。下帷苦读，场屋连捷，后实授直隶省大名府知府，勤政爱民，不义之财一介不取，致仕时囊橐以去者仅万民伞十余具而已。其原配逝时留下四女七子，长子讳佩铭，字兰生，即季淑之父。后再续娶，又生二子。故程府人丁兴旺，为旅食京门一大家族。季淑之母吴氏，讳浣身，安徽歙县人，累世业茶，寄籍京师。季淑之父在京经营笔墨店程五峰斋，全家食指浩繁，生活所需皆取给于是，身为长子者，为家庭生计而牺牲其读书仕进。季淑之母位居长嫂，俗云"长嫂比母"，于是操持家事，艰苦备尝，而周旋于小姑、小叔之间，其含辛茹苦更不待言。科举废除之后，笔墨店之生意一落千丈，程五峰斋终于倒闭。季淑父只身走关外，不久殁于客中。时季淑尚在髫龄，年方九岁，幼年失怙，打击终身。季淑同胞五人，大姐孟淑长季淑十一岁，适丁氏，抗战期间在川尚曾晤及，二姐仲淑、兄道立、弟道宽则均于青春有为之年死于肺痨。与母氏始终相依为命者，唯季淑一人。

季淑的祖父，六十岁患瘫痪，半身不遂而豪气未减，每天看报，看到贪污枉法之事，就拍桌大骂，声震屋瓦。雅好美食，深信"七十非肉不饱"之义，但每逢朔望，则又必定茹素为全家祈福，茹素则哽咽不能下咽，于是非嫌油少，即怪盐多。有一位叔父乘机进言："曷不请大嫂代表茹素，双方兼顾？"一方是"心到神知"之神，一方是非肉不饱的老者。从此我的岳母朔望代表茹素，直到祖父八十寿终而后已。叔父们常常宴客，宴客则请大嫂下厨，家里虽有厨师，佳肴仍需亲自料理，灶前伫立过久，足底生茧，以至老年不良于行。平素家里用餐，长幼有别，男女有别，媳妇、孙女常常只能享受一些残羹剩炙。有一回，一位叔父扫除房间，命季淑抱一石屏风至户外拂拭，那时她只有十岁光景，出门而蹭，石屏风破碎。叔父大怒，虽未施夏楚，但苛责之余，复命长跪。

季淑从小学而中学而国立北京女高师之师范本科，几乎在饔飧不继的情形之下，靠她自己努力奋斗而不辍学，终于一九二一年六月毕业。从此她离开了那个大家庭，开始她的独立的生活。

三

季淑于女高师的师范本科毕业之后，立刻就得到一份职业。由于她的女红特佳，长于刺绣，她的一位同学欧淑贞女士任女子职业学校校长，约她去担任教师。我就是在这个时候认识她的。

我们认识的经过是由于她的同学好友黄淑贞（湘翘）女士的介绍，"娶妻如何，匪媒不得"。淑贞的父亲黄运兴先生和我父

亲是金兰之交，他是湖南沅陵人，同在京师警察厅服务，为人公
正、率直而有见识，我父亲最敬重他。我当初之投考清华学校也
是由于这位父执之极力怂恿。其夫人亦是健者，勤俭耐劳，迥异
庸流。淑贞在女高师体育系，和季淑交称莫逆，我不知道她怎么
想起把她的好友介绍给我。她没有直接把季淑介绍给我。她是浼她
母亲（父已去世）到我家正式提亲做媒的。我在周末回家时，在父
亲书房桌上信斗里发现一张红纸条，上面恭楷写着："程季淑，安
徽绩溪人，年二十岁，一九〇一年二月十七日寅时生。"我的心一
动。过些日我去问我大姐，她告诉我是有这么一回事，并且她说已
陪母亲到过黄家去相亲，看见了程小姐。大姐很亲切地告诉我说：
"我看她人挺好，蛮斯文的，双眼皮，大眼睛，身材不高，腰身很
细，好一头乌发，挽成一个髻堆在脑后，一个大篷覆着前额。我怕
那篷下面遮掩着疤痕什么的，特地搭讪着走过去，一面说着'你的
头发梳得真好'，一面掀起那发篷看看……"我赶快问："有什么
没有？"她说："什么也没有。"我们哈哈大笑。

　　事后想想，这事不对，终身大事须要自作主张。我的两个姐
姐和大哥都是凭了媒妁之言和家长的决定而结婚的。这时候是
五四运动后两年，新的思想打动了所有的青年。我想了又想，决
定自己直接写信给程小姐问她愿否和我做个朋友。信由专差送到
女高师，没有回音，我也就断了这个念头。过了很久，时届冬

季，我忽然接到一封匿名的英文信，告诉我"不要灰心，程小姐现在女子职业学校教书，可以打电话去直接联络……"等语。朋友的好意真是可感，我遵照指示，大胆地拨了一个电话给一位素未谋面的小姐。

季淑接了电话，我报了姓名之后，她一惊，半晌没说出话来。我直截了当地要求去见面一谈，她支支吾吾地总算是答应我了。她生长在北京，当然说的是道地的北京话，但是她说话的声音之柔和清脆是我所从未听到过的。形容歌声之美往往用"珠圆玉润"四字，实在是非常恰当。我受了刺激，受了震惊，我在未见季淑之前先已得到无比的喜悦。莎士比亚在《李尔王》五幕三景有一句话：

Her voice was ever soft,

Gentle and low, an excellent thing in woman.

她的言语总是温和的，

轻柔而低缓，是女人最好的优点。

好不容易熬到会见的那一天！那是一个星期六午后，我只有在周末才能进城。由清华园坐人力车到西直门，约一小时，我特别感觉到那是漫漫的长途。到西直门换车进城。女子职业学校在宣武门外珠巢街，好荒凉而深长的一条巷子，好像是从北口可以望到南城根。由西直门走了半个多小时，终于找到了这条街上的学校。看门的一个老头儿引我进入一间小小的会客室。等了相当长久的时间，一阵唧唧哝哝的笑语声中，两位小姐推门而入。这两位我都是初次见面。黄小姐的父亲我是见过多次的，她的相貌很像她的父亲，所以我立刻就知道另一位就是程小姐。但是黄小姐还是礼貌地给我们介绍了。不大的工夫，黄小姐托故离去，季淑急得直叫："你不要走，你不要走！"我们两个互相打量了一下，随便扯了几句淡话。季淑确是有一头乌发，如我大姐所说，发髻贴在脑后，又圆又凸，而又亮晶晶的，一个松松泡泡的发篷覆在额前。我大姐不轻许人，她认为她的头发确实处理得好。她的脸上没有一点脂粉，完全本来面目，她若和一些浓妆艳抹的人出现在一起，会令人有异样的感觉。我最不喜欢上帝给你一张脸而你自己另造一张。季淑穿的是一件灰蓝色的棉袄，一条黑裙子，长抵膝头。我偷眼往桌下一看，发现她穿着一双黑绒面的棉毛窝，上面凿了许多孔，系着黑带子，又暖和又舒服的样子。衣服、裙子、毛窝，显然全是自己缝制的。她是百分之百的一个朴素的女学生。我那一天穿的是一件蓝呢长袍，挽着袖口，胸前挂着清华的校徽，穿着一双棕色皮鞋。好多年后季淑对我说，她喜欢我那一天的装束，也因为那是普通的学生样子。那时候我照过一张全身立像，我举以相赠，季淑一直偏爱这张照片，后来到了台湾，她还特为放大，悬在寝室。我在她入殓的时候把这张照片放进棺内，我对着她的尸体告别说："季淑，我没有别的东西送给你，你把你所最喜爱的照片拿去吧！它代表我。"

短暂的初次会晤大约有半小时。屋里有一个小火炉，阳光照在窗户纸上，使小屋和暖如春。这是北方旧式房屋冬天里所特有的一种气氛。季淑不是健谈的人，她有几分矜持，但是她并不羞涩。我起立告辞，我没有忘记在分手之前先约好下次会面的时间与地点。

下次会面是在一个星期后，地点是中央公园。人类的历史就是由一个男人一个女人在一个花园里开始的。中央公园地点适中，而且有许多地方可以坐下来休息。唯一讨厌的是游人太多，像来今雨轩、春明馆、水榭，都是人挤人、人看人的地方，为我们所不取。我们愿意找一个僻静的亭子、池边的木椅或石头的台阶。这种地方又往往为别人捷足先登或盘踞取闹。我照例是在约定的时间前十五分钟到达指定的地点。和任何人要约，我也不愿迟到。我通常是在水榭的旁边守候，因为从那里可以望到公园的门口。等人是最令人心焦的事，一分一秒地耗着，不知看多少次手表，可是等到你所期待的人远远地姗姗而来，你有多少烦闷也丢到九霄云外去了。季淑不愿先我而至，因为在那个时代，一个年轻女子只身在公园里蹓着是会引起麻烦来的。就是我们两个并肩在路上行走，也常有些不三不四的人在吹口哨。

有时候我们也到太庙去相会。那地方比较清静，最喜的是进门右手一大片柏树林，在春暖以后有无数的灰鹤停驻在树巅，嘹唳的声音此起彼落，有时候轰然振羽破空而去。在不远处设有茶座，季淑最喜欢鸟，我们常常坐在那里对着灰鹤出神。可是季节一过，灰鹤南翔，这地方就萧瑟不堪，连坐的地方也没有了。北海当然是好去处，金鳌玉栋的桥我们不知走过多少次数；漪澜堂是来往孔道，人太杂沓；五龙亭最为幽雅；大家挤着攀登的小白塔，我们就不屑一顾了。电影偶然也看，在"真光"看的飞来伯主演的《三剑客》。丽琳·吉施主演的《赖婚》至今印象犹新，其余的一般影片则我们根本看不进去。

清华一位同学戏分我们一班同学为九个派别，其一曰"主日派"，指每逢星期日则精神抖擞整其衣冠进城去做礼拜，风雨无阻，乐此不倦，当然各有各的崇拜偶像，而其衷心向往、虔心归主之意则一。其言虽谑，确是实情。这一派的人数不多，因为清华园是纯粹男性社会，除了几个洋婆子教师和若干教师眷属之外，看不到一个女性。若有人能有机缘进城会晤女友，当然要成为令人羡慕的一派。我自度应属于此派。可怜现在事隔五十余年，我每逢周末又复怀着朝圣的心情去到槐园墓地，捧着一束鲜花去做礼拜！

不要以为季淑和我每周小聚是完全无拘无束的享受。在我们身后吹口哨的固不乏人，不吹口哨的人也大都对我们投以惊异的眼光。这年轻轻的一男一女，在公园里彳亍而行，喁喁而语，是做什么的呢？我们怵于形势，只能在这些公开场所谋片刻的欢晤。季淑的家是一个典型的大家庭，人多口杂。按照旧的风俗，一个二十岁的大姑娘和一个青年男子每周约会在公共场所出现，是骇人听闻的事，罪当活埋！冒着活埋的危险在公园里游憩啜茗，不能说是无拘无束。什么事季淑都没瞒着她的母亲，母亲爱女心切，没有责怪她，反而殷殷垂询，鼓励她，同时也警戒她要一切慎重，无论如何不能让叔父们知道。所以季淑绝对不许我到她家访问，也不许寄信到她家里。我的家简单一些，也没有那么旧，但是也没有达到可以公开容忍我们的行为的地步。只有我的三妹绣玉（后改亚紫）知道我们的事，并且同情我们，帮助我们。她们很快地成为好友，两个人合照过一张相，我保存至今。三妹淘气，有一次当众戏呼季淑为二嫂，后来季淑告诉我，当时好窘，但是心里也有一丝高兴。

事有凑巧，有一天我们在公园里的四宜轩品茗。说起四宜轩，这是我们毕生不能忘的地方。名为四宜，大概是指四季皆宜，"春有百花秋有月，夏有凉风冬有雪"。四宜轩在水榭对面，从水榭旁边的土山爬上去，下来再钻进一个乱石堆成的又湿又暗的山洞，跨过一个小桥便是。轩有三楹，四面是玻璃窗。轩前是一块平地，三面临水，水里有鸭。有一回冬天大风雪，我们躲在四宜轩里，另外没有一个客人，只有茶房偶然提着开水壶过来。在这里，我们初次坦示了彼此的爱。现在我说事有凑巧的一天是在夏季，那一天我们在轩前平地的茶座休息，在座的有黄淑贞。我突然发现不远一个茶桌坐着我的父亲和他的几位朋友。父亲也看见了我，他走过来招呼，我只好把两位小姐介绍给他。季淑一点也没有忸怩不安，倒是我觉得有些局促。我父亲代我付了茶资，随后就离去了。回到家里，父亲问我："你们是不是三个人常在一起玩？"我说："不，黄淑贞是偶然遇到邀了去的。"父亲说："我看程小姐很秀气，风度也好。"从此父亲不时地给我钱，我推辞不要，他说："拿去吧，你现在需要钱用。"父亲为儿子着想是无微不至的。从此父亲也常常给我劝告，为我出主意，我们后来婚姻成功多亏父亲的帮助。

一九二二年夏，季淑辞去女职的事，改任石驸马大街女高师附属小学的教师。附小是季淑的母校，校长孙世庆原是她的老师，孙校长特别赏识她，说她稳重，所以聘她返校任职。季淑果不负他的期望，在校成为最肯负责的教师之一，屡次得到公开的褒扬。我常到附小去晤见季淑，然后一同出游。我去过几次之后，学校的传达室工友渐感不耐，我赶快在节关前后奉上银饼一枚，我立刻看到了一张笑逐颜开的脸，以后见了我，不等我开口就说："梁先生您来啦，请会客室坐，我就去请程先生出来。"会客室里有一张鸳鸯椅，正好容两个人并坐。我要坐候很久，季淑才出来，因为从这时候起她开始知道修饰，每和我相见必定盛装。王右家是她这时候班上的学生之一。抗战爆发后我在天津罗努生、王右家的寓中下榻旬余日。有一天右家和我闲聊，她说：

"实秋你知道吗？你的太太从前是我的老师。"

"我听内人说起过，你那时是最聪明美丽的一个学生。"

"哼，程老师是我们全校三十几位老师中最漂亮的一位。每逢周末她必定盛装起来，在会客室晤见一位男友，然后一同出去。我们几个学生就好奇地麇集在会客室的窗外往里窥视。"

我告诉右家，那男友即是我。右家很吃一惊。我回想起，那时是有一批淘气的女孩子在窗外叽叽嘎嘎。我们走出来时，也常有蹦蹦跳跳的孩子们追着喊："程老师，程老师！"季淑就拍着她们的脑袋说："快回去，快回去！"

"你还记得程老师是怎样的打扮吗？"我问右家。

右家的记忆力真是惊人。她说："当然。她喜欢穿的是上衣之外加一件紧身的黑缎背心，对不对？还有藏青色的百褶裙。薄薄的丝袜子，尖尖的高跟鞋。那高跟足有三寸半，后跟中细如蜂腰，黑绒鞋面，鞋口还锁着一圈绿丝线……"

我打断了她的话："别说了，别说了，你形容得太仔细了。"

于是我们就谈论起女人的服装。右家说：

"一个女人最要紧的是她的两只脚。你没注意吗，某某女士，好好的一个人，她的袜子好像是太松，永远有皱褶，鞋子上也有一层灰尘，令人看了不快。"

我同意她的见解，我最后告诉她莎士比亚的一句名言："她的脚都会说话。"（见《脱爱勒斯与克莱西达》第四幕第五景）

右家提起季淑的那双高跟鞋，使我忆起两件事。有一次我们在公园里散步，后面有几个恶少紧随不舍，其中有一个人说："嘿，你瞧，有如风摆荷叶！"虽然可恶，我却觉得他善于取譬。后来我填了一首《卜算子》，中有一句"荷叶迎风舞"，即指此事。又有一次，在来今雨轩后面有一个亭子，通往亭子的小径都铺满了鹅卵石，季淑的鞋跟陷在石缝中间，扭伤了踝筋，透过丝袜可以看见一块红肿，在亭子里休息很久我才搀扶着她回去。

"五四"以后，写白话诗的风气颇盛。我曾说过，一个青年，到了"怨黄莺儿作对，怪粉蝶儿成双"的时候，只要会说白话，好像就可以写白话诗。我的第一首情诗，题为《荷花池畔》，发表在《创造》季刊，记得是第四期，成仿吾还不客气地改了几个字。诗没有什么内容，只是一团浪漫的忧郁。荷花池是清华园里唯一的风景区，有池有山有树有石栏，我在课余最喜欢独自一个在这里徘徊。诗共八节，节四行，居然还凑上了自以为是的韵。

我把诗送给父亲看，他笑笑避免批评，但是他建议印制自己专用的诗笺，他负责为我置办，图案由我负责。这是对我的一大鼓励。我当即参考图籍，用双钩饕餮纹加上一些螭虎，画成一个横方的宽宽的大框，框内空处写诗。由荣宝斋精印，图案刷浅绿色。朋友们写诗的人很多，谁也没见过这样豪华的壮举。诗，陆续作了几十首，我给我的朋友闻一多看，他大喜若狂，认为得到了一个同道的知己。我的诗稿现已不存，只是一多所做《〈冬夜〉评论》一文里引录了我的一首《梦后》，诗很幼稚，但是情感是真的：

"吾爱啊！

你怎又推荐那孤单的枕儿，

伴着我眠，偎着我的脸？"

醒后的悲哀啊！

梦里的甜蜜啊！

我怨雀儿，

雀儿还在檐下蜷伏着呢！

他不能唤我醒——

他怎肯抛弃了他的甜梦呢？

　　　　"吾爱啊！

　　　　对这得而复失的馈礼，

　　　　我将怎样地怨艾呢？

　　　　对这缥缈浓甜的记忆，

　　　　我将怎样地咀嚼哟！"

　　　　孤零零的枕儿啊！

　　　　想着梦里的她，

　　　　舍不得不偎着你；

　　　　她的脸儿是我的花，

　　　　我把泪来浇你！

　　不但是白话，而且是白描。这首诗的故实（事）是起于季淑赠我一个枕套，是她亲手缝制的，在雪白的绸子上，她用抽丝的方法在一边挖了一朵一朵的小花，然后挖出一串小孔穿进一根绿缎带，缎带再打出一个同心结。我如获至宝，套在我的枕头上，不大不小正合适。伏枕一梦香甜，蘧然惊觉，感而有作。其实这也不过是《诗经》所谓"寤寐无为，辗转伏枕"的意思。另外还有一首《咏丝帕》，内容还记得，字句记不得了。我与季淑约会，她从来不曾爽约，只有一次我候了一小时不见她到来。我只好懊丧地回去，事后知道是意外发生的事端使她迟到，她也是怏怏而返。我把此事告诉一多，他责备我未曾久候，他说："你不知道尾生的故事吗？《汉书·东方朔传》注：'尾生，古之信士，与女子期于桥下，待之不至，遇水而死。'"这几句话给了我一个启示，我写一首长诗《尾生之死》，惜未完成，仅得片断。

四

两年多的时间过得好快，一九二三年六月我在清华行毕业礼，八月里就要放洋，这在我是一件很忧伤的事。我无意到美国去，我当时觉得要学文学应该留在中国，中国的文学之丰富不在任何国家之下，何必去父母之邦？但是季淑见事比我清楚，她要我打消这个想法，毅然准备出国。

行毕业礼的前些天，在清华礼堂晚上演了一出新戏《张约翰》，是顾一樵临时赶编的。戏里面的人物有两个是女的，此事大费踌躇，谁也不肯扮演女性。最后由吴文藻和我自告奋勇才解决。我把这事告诉季淑，她很高兴。在服装方面向她请教，她答应全力帮助，她亲手为我缝制，只有鞋子无法解决，季淑的脚比我小得太多。后来借到我的图画教师、美籍黎盖特小姐的一双白色高跟鞋，在鞋尖处塞了好大一块棉花才能走路。我邀请季淑前去观剧，当晚即下榻清华，由我为她预备一间单独的寝室。她从来没到过清华，现在也该去参观一次。想不到她拒绝了。我坚请，她坚拒。最后她说："你若是请黄淑贞一道去，我就去。"我才知道她需要一个伴护。那一天，季淑偕淑贞翩然而至。我先领她们绕校一周，在荷花池畔徘徊很久，在亭子里休息，然后送她们到高等科大楼的楼上我所特别布置的一间房屋。那原是学生会的会所，临时送进两张钢丝床。工友送茶水，厨房送菜饭，这是一个学生所能做到的最盛大的招待。在礼堂里，我保留了两席最优的座位。戏罢，我问季淑有何感受，她说："我不敢仰视。"我问何故，她笑而不答。我猜想，是不是因为"良人者所仰望而终身也，今若是！"好久以后问她，她说不是："我看你在台上演戏，我心里喜欢，但是我不知为什么就低下了头，我怕别人看我！"

清华的留学官费是五年，三年期满可以回国就业实习，余下两年官费可以保留，但实习不得超过一年。我和季淑约定，三年归来结婚。所以我的父母和我谈起我的婚事，我便把我和季淑的成约禀告。我的父母问我要不要在出国之前先行订婚，我说不必，口头的约定有充足的效力。也许我错误了。也许先有订婚手续是有益的，可以使我安心在外读书。

季淑的弟弟道宽在师大附中毕业之后，叔父们就忙着为他觅求职业。正值邮局招考服务人员，命他前去投考，结果考取了。季淑不以为然，要他继续升学。叔父们表示无力供给，季淑就说她可以担负读书费用。事实上季淑在女师附小任教的课余时间尚兼两个家馆，在董康先生、钟炳芬先生家里都担任过西席，宾主相得，待遇优厚，所以她有余力一面侍奉老母，一面供给弟弟，虽然工作劳累，但她情愿独力担起弟弟就学的负担。但是叔父们不赞成，明言要早日就业，分摊家用。他本人也不愿累及胞姐，乃决定就业。那份工作很重，后来感染结核之后力疾上班，终于不起。道宽就业不久，更严重的问题逼人而来。叔父们要他结婚，季淑乃挺身抗议，以为他的年纪尚小，健康不佳，应稍从缓。叔父们的意见以为授室之后才算是尽了提携侄辈的天职，于心方安；同时冷言讥诮："是不是你自己想在你弟弟之先结婚？"道宽怯懦，禁不起大家庭的压迫，遂遵命结婚。妻李氏，人很贤淑，不幸不久亦感染结核症相继而逝。

也许是一年多来我到石驸马大街去的回数太多了一点，大约五六十次总是有的。学生如王右家只注意到了程老师的漂亮，同事当中有几位有身世之感的人可就觉得看不顺眼。渐渐有人把话吹到校长孙世庆的耳里。孙先生头脑旧一些，以为青年男女胆敢公然缔交出入黉舍，纵然不算是大逆不道，至少是有失师道尊严，所以这一年夏天季淑就没收到续聘书。没得话说，卷铺盖。不同时代的人，观念上有差别，未可厚非。季淑也自承疏忽，不该贪恋那张鸳鸯椅，我们应该无间寒暑地到水榭旁边去见面；所以我们对于孙世庆没有怨言。倒是他后来敌伪时期做了教育局局长，晚节不终，以至于明正典刑，我们为他惋惜。季淑决定乘我出国期间继续求学，于是投考国立美术专科学校，专习国画，晚间两个家馆的收入足可维持生活。榜发获捷，我们都很欢喜。

除了一盒精致信笺、信封以外，我从来没送过她任何东西。我深知她的性格，送去也会被拒。那一盒文具，也是在几乎不愉快的情形之下才被收纳的。可是在长期离别之前不能不有馈赠，我在廊房头条太平洋钟表店买了一只手表，在我们离别之前最后一次会晤时送给了她。我解下她的旧的，给她戴上新的，我说："你的手腕好细！"真的，不盈一握。

季淑送我一幅她亲自绣的《平湖秋月图》，是用乱针方法绣的，小小的一幅，不过7寸×10.2寸，有亭有水有船有树，是很好的一幅图画，配色尤为精绝。在她毕业于女高师的那一年夏天，她们毕业班曾集体做江南旅行，由南京、镇江、苏州、无锡、上海以至杭州，所有的著名风景区都游览殆遍。我们常以彼此游踪所至作为我们谈话的资料。我们都爱西湖，她曾问我西湖八景之中有何偏爱，我说我最喜"平湖秋月"，她也正有同感。所以她就根据一张照片绣成一幅图画给我。那大片的水，大片的天，水草树木，都很不容易处理。我把这幅绣画带到美国，被一多看到，大为击赏。他引我到一家配框店选择了一个最精美而又色彩最调和的框子，悬在我的室中，外国人看了认为是不可想象的艺术作品。可惜半个世纪过后，有些丝线脱跳，色彩褪了不少，大致还是完好的。

我在八月初离开北京。临行前一星期我请季淑午餐，地点是劝业场三楼玉楼春。我点了两个菜之后要季淑点，她是从来不点菜的，经我逼迫，她点了"两做鱼"，因为她偶然听人说起广和居的两做鱼非常可口，初不知是一鱼两做。饭馆也恶作剧，竟选了一条一尺半长的活鱼，半烧半炸，两大盘子摆在桌上，我们两个面面相觑，无法消受。这件事我们后来说给我们的孩子听，都不禁呵呵大笑。文蔷最近在饭馆里还打趣地说："妈，你要不要吃两做鱼？"这是我们年轻时候的韵事之一。事实上她是最喜欢吃鱼，如果有干烧鲫鱼佐餐，什么别的都不想要了。在我临行的前一天，她在来今雨轩为我饯行，那一天又是风又是雨。我到了上海之后，住在旅馆里，创造社的几位朋友天天来访，逼我给《创造周报》写点东西，辞不获已，写了一篇《凄风苦雨》，完全是季淑为我饯行时的忠实记录，文中的陈淑即是程季淑。其中有这样的一段：

雨住了。园里的景象异常清新，玳瑁的树枝缀着翡翠的树叶，荷池的水像油似的静止，雪氅黄喙的鸭子成群地叫。我们缓步走出水榭，一阵土湿的香气扑鼻；沿着池边小径走上两旁的甬道。园里还是冷清清的，天上的乌云还在互相追逐着。

"我们到影戏院去吧，天雨人稀，必定还有趣……"她这样地提议。我们便走进影戏院。里面观众果似晨星般稀少，我们便在僻处紧靠着坐下。铃声一响，屋里昏黑起来，影片像逸马一般在我眼前飞游过去，我的情思也跟着相机轮旋转起来。我们紧紧地握着手，没有一句话说。影片忽地一卷演讫，屋里光线放亮了一些，我看见她的乌黑眼珠正在不瞬地注视着我。

"你看影戏了没有？"

她摇摇头说："我一点也没有看进去，不知是些什么东西在我眼前飞过……你呢？"

我笑着说："和你一样。"

我们便这样地在黑暗的影戏院里度过两个小时。我们从影戏院出来的时候，蒙蒙细雨又在落着，园里的电灯全亮起来了，照得雨湿的地上闪闪发光。远远地听到钟楼的当当的声音，似断似续地波送过来，只觉得凄凉黯淡……我扶着她缓缓地步入餐馆。疏细的雨点——是天公的泪滴，洒在我们身上。

她平时是不饮酒的，这天晚上却斟满一盏红葡萄酒，举起杯来低声地说：

"祝你一帆风顺，请尽这一杯！"

我已经泪珠盈睫了，无言地举起我的一杯，相对一饮而尽。餐馆的侍者捧着盘子在旁边诧异地望着我们。

我们就是这样地开始了我们的三年别离。

五

一九二三年九月一日我到达美国，随即前往科罗拉多泉去上学。那是一个山明水秀的风景地，也有的是兮燎兮的人物，但是我心里想的是：

> 出其东门，有女如云。
> 虽则如云，匪我思存。
> 缟衣綦巾，聊乐我员。
>
> 出其闉阇，有女如荼。
> 虽则如荼，匪我思且。
> 缟衣茹藘，聊可与娱。

人心里的空间是有限的，一经塞满便再也不能填进别的东西。我不但游乐无心，读书也很勉强。

季淑来信报告我她顺利入学的情形，选的是西洋画系，很久时间都是花在素描上面；天天面对着石膏像，左一张右一张的炭画。后来她积了一大卷给我看，我觉得她画得相当好。她的线条相当有力，不像一般女子的纤弱。一多告诉我，素描是绘画的基本功夫，他在芝加哥一年也完全是炭画素描。季淑下半年来信说，她们已经开始画裸体模特儿了，男女老少的模特儿都有，比石膏像有趣得多。我买了一批绘画用具寄给她，包括木炭、橡皮、水彩、油料等等。这木炭和橡皮，比国内的产品好，尤其是那海绵似的方块橡皮，松软合用。国内学生用面包代替橡皮，效果当然不好。季淑用我寄去的木炭和橡皮，画得格外起劲。同学们艳羡不置，季淑便以多余的分赠给她的好友们。油画，教师们不准她们尝试，水彩还可以勉强一试。季淑有了工具，如何能不使用？偕了同学外出写生，大家用水彩，只有她有油料可用。她每次画一张画，都写信详告，我每次接到信，都仔细看好几遍。我写信给她，寄到美专，她特别关照过学校的号房工友，有信就存在那里，由她自己去取。有一次工友特别热心，把我的信转寄到她家里去。信放在窗台上，幸而没有被叔父们撞见，否则拆开一看，必定天翻地覆。

天翻地覆的事毕竟几乎发生。大约我出国两个月后，季淑来信，她的叔父们对她母亲说："大嫂，三姑娘也这么大了，老在外面东跑西跑也不像一回事，我们打算早一点给她完婚。××部里有一位科员，人很不错，年龄么……男人大个十岁八岁也没有关系。"这是通知的性质，不是商酌，更不是征求同意。这种情况早在我们料想之中，所以季淑按照我们预定计划应付，第一步是把情况告知黄淑贞，第二步是请黄家出面通知我的父母，由我父母央人出面正式做媒，同时由我作书禀告父母，请求做主，第三步是由季淑自己出面去恳求比较温和开通的八叔（缵丞先生），惠予谅解。关键在第三步。她不能透露我们已有三年的交往，更不能说已有成言，只能扯谎，说只和我见过一面，但已心许。八叔听了觉得好生奇怪，此人既已去美，三年后才能回来，现在订婚何为？假使三年之后有变化呢？最后他明白了，他说："你既已心许，我们也不为难你，现在一切作为罢论，三年以后再说。"这是最理想的结果。由于季淑的善于言辞，我们原来还准备了第四步，但是不需要了。可是此一波折，使我心情久久不能平复。

北京国立八校的教职员因政府欠薪而闹风潮，美专奉令停办。季淑才学了一年素描即告失学。一九二四年夏，我告别了风景优美的科罗拉多泉而进入哈佛研究院，季淑离开了北京而就教职于香山慈幼院。一九一七年熊希龄凭其政治地位领有香山全境，以风景最佳之"双清"为其别墅，以放领土地之收入举办慈幼院，由其夫人主持之。因经费宽裕，校址优美，慈幼院在北京颇有小名。季淑受聘是因为她爱那个地方。凡是名山胜水，她无不喜爱，这是她毕生的嗜好。在香山两年，她享尽了清福，虽然那里的人事复杂，一群蝇营狗苟的势利之辈环拱着炙手可热的权贵人家。季淑除了教书之外，一切不闻不问。她的宿舍离教室很远，要爬山坡，并且有数百级石阶，上下午各走一趟，但不以为苦。周末常约好友骑驴，游踪遍及八大处。西山一带的风景，她比我熟，因为她在香山有两年的勾留。

季淑的宿舍在山坡下，她的一间是在一排平房的中间，好像是第三个门。门前有一条廊檐。有一天阴霾四合，山雨欲来，一霎间乌云下坠，雨骤风狂。在山地旷野看雨，是有趣的事。季淑独在檐下站着，默默地出神，突然一声霹雳，一震之威几乎使她仆地，只见熊熊一团巨火打在离她身边不及十余尺的石桌石凳之上，白石尽变成黑色，硫黄的臭味历久不散。她说给我听，犹有余悸。

我们通信全靠船运，需十余日方能到达，但不必嫌慢，因为如果每天写信隔数日付邮，差不多每隔三两天都可以收到信。我们是每天写一点，积一星期可得三数页，一张信笺两面写，用蝇头细楷写，这样的信收到一封可以看老大半天。三年来我们各积得一大包。信的内容有记事，有抒情，有议论，无体不备。季淑把我的信收藏在一个黑漆的首饰匣里，有一天忘了锁，钥匙留插在锁孔里。大家唤作小方的一位同事大概平素早就留心，难逢的机会焉肯放过，打开匣子开始阅览起来，临走还带了几封去。小方笑呵呵地把信里的内容背诵几段，季淑才发现失窃。在几经勒

索、要挟之下才把失物赎回。我曾选读"伯朗宁与丁尼孙"一门
功课，对伯朗宁的一首诗 One Word More 颇为欣赏，我便摘了
下列三行诗给季淑看：

God be thanked, the meanest of his creatures

Boasts two soul-sides, one to face the world with,

One to show a woman when he loves her.

感谢上帝，他的最卑微的生人

也有两面的灵魂，一面对着世人，

一面给他所爱的女人看。

不过伯朗宁还是把他的情诗公之于世了。我的书信不是预备
公开的，于一九四八年冬离家时付之一炬。小方看过其中的几封
信，不知道她看的时候心中有何感受。

六

三年的工夫过去了。一九二六年七月间，"麦金莱总统"号在
黎明时抵达吴淞口外抛锚候潮，我听到青蛙鼓噪，我看到滚滚浊
流，我回到了故国。我拿着梅光迪先生的介绍信到南京去见胡先
骕先生，取得国立东南大学的聘书，就立刻北上天津。我从上海

致快函给季淑，约她在天津会晤，盘桓数日，然后一同返京。她果不来，事后她向我解释："名分未定，行为不可不检。"我觉得她的想法对，不能不肃然起敬。邓约翰（John Donne）有一首诗《出神》（The Extasie），其中有两节描写一对情侣的关系，真是恰如其分：

Our hands were firmly cimented

With a fast balme, which thence did spring,

Our eye-beames twisted, and did thred

Our eyes, upon one double string;

So tòentergraft our hands, as yet

Was all the means to make us one,

And pictures in our eyes to get

Was all our propagation.

我们的手牢牢地握着，

手心里冒出黏黏的汗，

我们的视线交缠，

拧成双股线穿入我们的眼；

两手交接是我们当时

唯一途径使我们融为一体，

眼中倩影是我们

所有的产生出来的成绩。

久别重逢，相见转觉不能交一语。季淑说："华，你好像瘦了
一些。"当然，怎能不瘦？她也显得憔悴。我们所谈的第一桩事
是商定婚期，暑假内是不可能，因为在八月底我要回到南京去授
课，遂决定在寒假里结婚。这时候有人向香山慈幼院的院长打小
报告："程季淑不久要结婚了，下半年的聘书最好不要发给她。"
季淑不欲在家里等候半年，需要一个落脚处。她的一位朋友孙亦
云女士任公立第三十六小学校长，学校在北新桥附近府学胡同，
承她同情，约请季淑去做半年的教师。

我到香山去接季淑搬运行李进城是一件难忘的事。一清早我
雇了一辆汽车，车身高高的，用曲铁棍摇半天才能发动引擎的那
样的汽车，出城直奔西山，一路上汽车喇叭呜呜叫，到达之后她
的行李早已预备好，一只箱子放进车内，一个相当庞大的铺盖卷
只好用绳子系在车后。我们要利用这机会游览香山。

季淑引路，她非常矫健，身轻似燕，我跟在后面十分吃力，过
了双清别墅已经气喘如牛，到了半山亭便汗流浃背了。季淑把她撑

着的一把玫瑰紫色的洋伞让给我，也无济于事。后来找到一处阴凉的石头，我们坐了下来。正喘息间，一个卖烂酸梨的乡下人担着挑子走了过来，里面还剩有七八只梨，我们便买了来吃。在口燥舌干的时候，烂酸梨有如甘露。抬头看，有小径盘旋通往山巅，据说有十八盘，山巅传说是清高宗重阳登高的所在，旧名为重阳亭，实际上并没有亭子，如今俗名为"鬼见愁"。季淑问我有无兴趣登高一望，我说鬼见犹愁，我们不去也罢。她是去过很多次的。

我们在西山饭店用膳之后，时间还多，索性尽一日之欢，顺道前往玉泉山。玉泉山是金、元、明、清历代帝王的行宫御苑，乾隆写过一篇《玉泉山记》。据说这里的水质优美，饮之可以长寿，赐名为"天下第一泉"。如今宫殿多已倾圮，沦为废墟，唯因其已荒废，掩去了它的富丽堂皇的俗气，较颐和园要高雅得多。我们一进园门就被一群穷孩子包围，争着要做向导，其实我们不需向导，但是孩子们嚷嚷着说："你们要喝泉水，我有干净杯子；你们要登玉峰塔，我给你们领取钥匙……"无可奈何，拣了一个老实相的小孩子。他真亮出一只杯子，在那细石流沙、绿藻紫荇历历可数的湖边喷泉处舀了一杯泉水，我们共饮一杯，十分清冽。随后我们就去登玉峰塔。塔在山顶，七层九丈九尺，盘旋拾级而上，嘱咐小孩在下面静候。我们到达顶层，就拂拂阶上的尘土，坐下乘凉，真是一个好去处。好像不大的工夫，那孩子嗵嗵嗵地蹿上来了，我问他为什么要上来，他说他等了好久好久不见人下来，所以上来看看。于是我们就拾级而下，我对季淑说："你不记得我们描过的红模子吗？'王子去求仙，丹成上九天。洞中方七日，人世几千年。'塔上面和塔下面时间过得快慢原不相同。"相与大笑。回到城里，我送季淑到黄淑贞家，把行李卸下我就走了，以后我们几次晤见是在三十六小学。

暑假很快地过去，我到南京去授课。在东南大学校门正对面有一条小巷，蓁巷，门牌四号是过探先教授新建的一栋平房，召租。一栋房分三个单位，各有四间。房子不肯分租，我便把整栋房子租了下来，一年为期。我自占中间一所，右边一所分给余上沅、陈衡粹夫妇，左边一所分给张景钺、崔芝兰夫妇，三家均摊房租，三家都是前后准备新婚。我搬进去的第一天，真是家徒四壁，上沅和我天天四处奔走购置家具等物。寝室墙刷粉红色，书房淡蓝色。有些东西还需要设计定制。足足忙了几个月，我写信给季淑："新房布置一切俱全，只欠新娘。"房子有一大缺点，寝室后边是一大片稻田，施肥的时候必须把窗紧闭，生怕这一点新娘子感到不满。

南京冬天也相当冷，屋里没有取暖的设备。季淑用蓝色毛绳线给我织了一条内裤，由邮寄来。一排四颗黑扣子，上面的图案是双喜字。我穿在身上说不出的温暖，一直穿了几十年，这半年季淑很忙，一面教书一面筹备妆奁，利用她六年来的积蓄置办了四大楠木箱的衣物，没有一个人帮她一把忙。

七

　　我们结婚的日子是一九二七年二月十一日，行礼的地点是北京南河沿欧美同学会。这是我们请出媒人正式往返商决的。婚前还要过礼，亦曰"放定"，言明一切从简，那两只大呆鹅也免了，甚至许多人所期望的干果、饼饵之类也没有预备。只有一具玉如意，装在玻璃匣里，还有两匣首饰，由媒人送以女家。如意是代表什么，我不知道，有人说像灵芝，取其吉祥之意，有人则说得很难听。这具如意是我们的传家之宝，平常高高地放在上房条案上的中央，左金钟，右玉磬，永远没人碰的。有了喜庆大事，才拿出来使用，用毕送还原处。以我所知，在我这回订婚以后还没有使用过一次。新娘子服装照例由男家准备，我母亲早已胸有成算，不准我开口。母亲带着我大姐到瑞蚨祥选购两身衣料，一身上衣与裙是粉红色的缎子，行婚礼时穿，一身上衣是蓝缎，裙子是红缎，第二天回门穿。都是全身定制绣花。母亲说若是没有一条红裙子，便不能成为一个新娘子；她又说冬天冷，上衣非皮毛不可，于是又选了两块小白狐。衣服的尺寸由女家开了送来，我母亲一看大惊："一定写错了，腰身这样小，怎穿得上！"托人再问，回话说没错，我心中暗暗好笑，我早知道没错。棉被由我大姐负责缝制，她选了两块被面，一床洋妃色，一床水绿色，最妙的是她在被的四角缝进了干枣、花生、桂圆、栗子四色干果，我在睡觉的时候硌了我的肩膀，季淑告诉我这是取吉利，"早生贵子"之意。季淑不知道我们备了枕头，她也预备了一对，枕套是白缎子的，自己绣了红玫瑰花在角上，鲜艳无比，我舍不得用，留到如今。她又制了一个金质的项链，坠着一个心形的小盒，刻着我们两个的名字。这时候我家住在大取灯胡同一号，新房设在上屋西套间，因为不久要到南京去，所以没有什么布置，只是换了新的窗幔，买了一张新式的大床。

结婚那天，晴而冷。证婚人由我父亲出面请了贺履之（良朴）先生担任，他是我父亲一个酒会的朋友，年高有德，而且是山水画家，当时一位名士。本来熊希龄先生曾对季淑自告奋勇愿为证婚，我们想想还是没有劳驾。张心一、张禹九两位同学是男傧相，季淑的美专同学孪生的冯棠、冯棣是女傧相。两位介绍人，只记得其一姓翁。主婚人是我父亲和季淑的四叔梓琴先生。

婚礼定在下午四时举行，客人差不多到齐了，新娘不见踪影。原来娶亲的马车到了女家，照例把红封从门缝塞进去之后，里面传话出来要递红帖："没有红帖怎行？我们知道你是谁？"事先我要求亲迎，未被接纳，实不知应备红帖。僵持了半天，随车的人员经我父亲电话中指示临时补办，到荣宝斋买了一份红帖请人代书，总算过了关。可是彩车到达欧美同学会的时候暮霭渐深。这是意外事，也是意中事。

　　我立在阶上，看见季淑从二门口由两人扶着缓缓地沿着旁边的游廊走进礼堂，后面两个小女孩牵纱。张禹九用胳膊肘轻轻触我说："实秋，嘿嘿，娇小玲珑。"我觉得好像有人在我耳边吟唱着彭士（Robert Burns）的几行诗：

She is a winsome wee thing,

She is a handsome wee thing,

She is a lovesome wee thing,

This sweet wee wife of mine.

　　她是一个媚人的小东西，

　　她是一个漂亮的小东西，

　　她是一个可爱的小东西，

　　我这亲爱的小娇妻。

　　事实上凡是新娘没有不美的。萨克令（Sir John Suckling）的一首《婚礼曲》（A Ballad upon a Wedding）就有几节很好的描写：

The maid and thereby hangs a tale ;

For such a maid no Whitsun—ale,

Could ever yet produce ;

No grape, that's kindly ripe, could be,

So round, so plump, so soft as she,

Nor half so full of juice.

Her finger was so small, the ring,

Would not stay on, which they did bring,

It was too wide a peck ;

And to say truth (for out it must),

It looked like the great collar (just)

About our young colt's neck.

Her feet beneath her petticoat,

Like little mice stole in and out,

As if they feared the light ;

But oh, she dances such a way,

No sun upon an Easter day

Is half so fine a sight !

Her cheeks so rare a white was on,

No daisy makes comparison

(Who sees them is undone);

For streaks of red were mingled there,

Such as are on a Katherine pear

(The side that's next the sun).

Her lips were red, and one was thin,

Compared to that was next her chin

(Some bee had stung it newly);

But, Dick, her eyes so guard her face

I durst no more upon them gaze,

Than on the sun in July.

Her mouth so small, when she does speak,

Thou'dst swear her teeth her words did break,

That they might passage get ;

But she so handled still the matter,

They came as good as ours, or better,

And are not spent a whit.

讲到新娘（说来话长），

像她那样的姑娘，

圣灵降临的庆祝会里尚未见过；

没有树熟的葡萄像她那样红润，

那样圆，那样丰满，那样细嫩，

汁浆有一半那样的多。

她的手指又细又小，

戒指戴上去就要溜掉，

因为太松了一点；

老实说（非说不可），

恰似小驹的颈上套着

一只大的项圈。

她裙下露出两只脚，

老鼠似的出出进进地跑，

像是怕外面的光亮；

但是她的舞步翩翩，

太阳在复活节的那一天

也没有那样美的景象！

她的两颊白得出奇，

没有雏菊能和她相比

（令人一见魂儿飞上天了）；

因为那白里还带着红色，

活像是枝头的小梨一个

（朝着太阳的那一边）。

她的唇是红的，一片很薄，

挨近下巴的那片就厚得多

（必是才被蜜蜂蜇伤）；

但是，狄克，她的两眼保护着脸

我不敢多看一眼，

有如对着七月的太阳。

她的嘴好小，说起话来，

她的牙齿要把字儿咬碎，

以便从嘴里挤送出去；

但是她处理得很得法，

谈吐不比我们差，

而且一点也不吃力。

季淑那天头上戴着茉莉花冠。脚上穿的一双高跟鞋，为配合礼服，是粉红色缎子做的，上面缝了一圈的亮片，走起路来一闪一闪。因戒指太松而把戒指丢掉的不是她，是我，我不知在什么时候把戒指甩掉了，她安慰我说："没关系，我们不需要这个。"

证婚人说了些什么话，我根本就没有听进去，现在一个字也不记得。我只记得赞礼的人喊了一声"礼成"，大家纷纷拥向东厢入席就餐。少不了有人向我们敬酒，我根本没有把那小小酒杯放在眼里。黄淑贞突然用饭碗斟满了酒，严肃地说："季淑，你以后若是还认我做朋友，请尽此碗。"季淑一声不响端起碗来汩汩地喝了下去，大家都吃一惊。

回到家中还要行家礼，这是预定的节目。好容易等到客人散尽，两把太师椅摆在堂屋正中，地上铺了红毡子，请父母就座，我和季淑双双跪下磕头。然后闹哄到午夜，父母发话："现在不早了，大家睡去吧。"

罗赛蒂（D.G.Rossetti）有一首诗《新婚之夜》（The Nuptial Night），他说他一觉醒来看见他的妻子懒洋洋地酣睡在他身旁，他不能相信那是真的，他疑心是在做梦。梦也好，不是梦也好，天刚刚亮，季淑骨碌爬了起来，梳洗毕换上一身新装，蓝袄红裙，红缎绣花高跟鞋，在穿衣镜前面照了又照，侧面照，转身照。等父母起来她就送过去两盏新沏的盖碗茶。这是新媳妇伺候公婆的第一幕。早餐罢，全家人聚在上房，季淑启开她的箱子，把礼物一包一包地取出来，按长幼顺序每人一包，这叫作开箱礼，又叫作见面礼，无非是一些帽鞋日用之物，但是季淑选购甚精，使得家人皆大欢喜。我袖手旁观，说道："哎呀！还缺一份！——我的呢？"惹得哄堂大笑。

次一节目是我陪季淑"回门"。进门第一桩事是拜祖先的牌位，一个楠木龛里供着一排排的程氏祖先之神位，多到不可计数，可见绩溪程氏确是一大望族。我们纳头便拜，行最敬礼。好像旁边还有人念念有词，说到三姑娘三姑爷什么什么的，我当时感觉我很光荣地成了程家的女婿。拜完祖先之后便是拜见家中的长辈，季淑的继祖母尚在，其次便是我的岳母，叔父辈则有四叔、七叔（荫庭先生）、九叔（荫轩先生），八叔已去世。婶婶则四婶就有两位，然后六婶、七婶、八婶、九婶。我们依次叩首，我只觉得站起来跪下去忙了一大阵。平辈相见，相互鞠躬。随后便是盛筵款待，我很奇怪季淑不在席上，不知她躲在哪里，原来是筵席以男性为限。谈话间我才知道，已去世的六叔还曾留学俄国，编过一部《俄华字典》，刊于哈尔滨。

第三天，季淑病倒，腹泻。我现在知道那是由于生活过度紧张，睡了两天她就好了。

过了十几天，时局起了变化，国民革命军北伐逐步迫近南京。母亲关心我们，要我们暂且观望不要急急南下。父亲更关心我们，把我叫到书房私下对我说："你现在已经结了婚，赶快带着季淑走，机会放过，以后再想离开这个家庭就不容易了，不要糊涂，别误解我的意思。立刻动身，不可迟疑。如果遭遇困难，随时可以回来。我观察这几天，季淑很贤惠而能干，她必定会成为你的贤内助。你运气好，能娶到这样的一个女子。男儿志在四方，你去吧！"父亲说到这里，眼圈红了。

我商之于季淑，她遇大事永远有决断，立刻启程。父亲嘱咐，兵荒马乱的时候，季淑必须卸下她的鲜艳的服装，越朴素越好。她改着黑哗叽裙、黑皮鞋，上身驼绒袄之外罩上一件粗布褂。我记得清清楚楚，布褂左下角有很大的一个缝在外面的衣袋，好别致。我们搭的是津浦路二等卧车（头等车被军阀们包用了），二等车男女分座，一个车厢里分上下铺，容四个人，季淑分得一个上铺。车行两天一夜，白天我们就在饭车上和过路的地方一起谈天，观看窗外的景致，入夜则分别就寝。

车上睡不稳，一停就醒，醒来我就过去看看她。她的下铺是一位中年妇女，事后知道她是中国银行司库吴某的太太，她第二天和季淑攀谈：

"你们是新结婚的吧？"

"是的，你怎么知道？"

"看你那位先生，一夜的工夫他跑过来看你有十多趟。"这位
吴太太心肠好，我们渡江到下关，她知道我们没有人接，便自动
表示她有马车送我们进城。我们搭了她的车直抵蓁巷。

这时候南京市面已经有些不稳，散兵游勇满街跑，遇到马车
就征用。我们在蓁巷一共住了五天，躲在屋里，什么地方也没
去。事实上我们也不想出去。渐渐地听到遥远的炮声。我的朋友
李辉光、罗清生来，他们都是单身汉，劝我偕眷到上海暂避。罗
清生和一家马车行的老板有旧，特意为我雇来马车，我们便邀同
新婚的余上沅夫妇一同出走。可怜我煞费苦心经营的新居从此离
去。当时天真的想法是政治不会过分影响到学校，不久还可以
回来，所以行李等物就承洪范五先生的帮忙，寄存在图书馆地
下室。马车走了不远，就有两名大兵持枪吓阻，要搭车到下关，
他们不由分说跳上了车旁的踏脚板，一边一个像是我们的卫兵，
一路无阻直达江滨。到上海的火车已断，我们搭上了太古的轮
船。奇怪的是头等客房只有我们两对，优哉游哉倒真像是蜜月
中的旅行。

八

我们在上海三年的生活是艰苦的,情形当然是相当狼狈。有人批评孔子为"累累若丧家之狗",孔子欣然笑曰:"形状未也,而似丧家之狗,然哉然哉!"

季淑的大姑住在上海(大姑父汪运斋先生),她的二女婿程培轩一家返徽省亲,空出的海防路住所借给我们暂住了半个月。这是我们婚后初次尝到安定畅快的生活。随后我们就租了爱文义路众福里的一栋房子,那是典型的上海式标准的一楼一底的房,比贫民窟要算是差胜一筹,因为有电灯、自来水的设备,而且门窗户壁俱全。关于这样的房子我写过一篇小文《住一楼一底房者的悲哀》,其中有这样几段:

一楼一底的房没有孤零零的一所矗立着的,差不多都像鸽子窝似的一大排,一所一所的构造的式样大小,完全一律,就好像从一个模型里铸出来的一般。我顶佩服的就是当初打图样的"土著"工程师,真能相度地势,节工省料,譬如五分厚的一垛山墙就好两家合用。王公馆的右面一垛山墙,同时就是李公馆的左面的山墙,并且王公馆若是爱好美术,在右面山墙上钉一个铁钉子,挂一张美女月份牌,那么李公馆在挂月份牌的时候就不必再钉钉子,因为这边钉一个钉子,那边就自然而然地会钻出一个钉头儿。

房子虽然以一楼一底为限，而两扇大门却是方方正正的，冠冕堂皇，望上去总不像是我所能租赁得起的房子的大门。门上两个铁环是少不得的，并且还是小不得的。……门环敲得啪啪响的时候，声浪在周围一二十丈以内的范围都可以很清晰播送得到。一家敲门，至少有三家应声："啥人？"至少有两家拔闩启锁，至少有五家人从楼窗中探出头来。

"君子远庖厨"，住一楼一底的人简直没有法子上跻于君子之伦。厨房里杀鸡，无论躲在哪一墙角都可以听见鸡叫（当然这是极不常有之事），厨房里烹鱼，我可以嗅到鱼腥，厨房里升火，就可以看见一朵一朵乌云在眼前飞过。自家的厨房既没法可以远，隔着半垛墙的人家的庖厨离我还是差不多的近……

厨房之上，楼房之后，有所谓亭子间者，住在里面真可说是冬冷而夏热。厨房烧柴的时候，一缕缕的青烟从地板缝中冉冉上升。亭子间上面又有所谓晒台者，名义是为晾晒衣服之用，实际常是人们乘凉、打牌、开放留声机的地方，还有人在晒台上另搭一间小屋堆置杂物。别看一楼一底，其中有不少曲折。

这一段话虽然不免揶揄，但是我们并无埋怨之意。我们虽然僦居穷巷，住在里面却是很幸福的。季淑和我同意，世界上没有一个地方比自己的家更舒适，无论那个家是多么简陋、多么寒伧。这个时候我在《时事新报》编一个副刊《青光》，这是由于张禹九的推荐临时的职业，每天夜晚上班发稿。事毕立刻回家，从后门进来匆匆登楼，季淑总是靠在床上看书等着我。

"你上楼的时候，是不是一步跨上两级楼梯？"她有一次问我。

"是的，你怎么知道？"

"我听着你的嗵嗵响的脚步声，我数着那响声的次数，和楼梯的级数不相符。"

我的确是恨不得一步就跨进我的房屋。我根本不想离开我的房屋。吾爱吾庐。

我们在爱文义路住定之后，暑期中，我的妹妹亚紫和她的好友龚业雅女士于女师大毕业后到上海来，就下榻于我们的寓处。下榻是夸张语，根本无榻可下，我便和季淑睡在床上，亚紫、业雅睡在床前地板上。四个年轻人无拘无束地狂欢了好多天，季淑曲尽主妇之道。由于业雅的堂兄业光的引介，我和亚紫、业雅都进了国立暨南大学服务。亚紫和业雅不久搬到学校的宿舍。随后我母亲返回杭州娘家去小住，路过上海也在我们寓所盘桓了几天。头一天季淑自己下厨房，她以前从没有过烹饪的经验，我有一点经验，但亦不高明，我们两人商量着弄出来四个菜，但是季淑煮米放多了水变成粥，急得哭了一场。母亲大笑说："喝粥也很好。"这一次失败给季淑的刺激很大。她说："这是我受窘的一次，毕生不能忘。"

以后她对烹饪就很悉心研究。

怀孕期间各人的反应不同。季淑于婚后三四个月即开始感觉恶心呕吐，想吃酸东西，这样一直闹到分娩那一天才止。一九二七年十二月一日（阴历十一月初八），我们的大女儿文茜生。预先约好的产科张湘纹临时迟迟不来，只遣护士照料，以致未能善尽保护孕妇的责任，使得季淑产后将近三个月才完全复原。她本想能找得一份工作，但是孩子的来临粉碎了一切的计划，她热爱孩子，无法分身去谋职业，亦无法分神去寻娱乐。六年之间四次生产，她把全部时间与精力奉献给了孩子。

第二年我们迁居到赫德路安庆坊，是二楼二底房，宽绰了一倍，但是临街往来的电车之稀里哗啦、叮叮当当从黎明开始一直到深夜，地都被震动，床也被震动。可是久之也习惯了。我的内弟道宽这一年去世，弟妇士馨也相继而殁，我和季淑商量把我的岳母接到上海来奉养。于是我们搭船回到北京回家小住，然后接了我的岳母南下。在这房子里季淑生下第二个女儿（三岁时夭折，瘗于青岛公墓）。季淑的身体本弱，据我的岳母告诉我，庚子之乱，她们一家逃避下乡，生活艰苦，季淑生于辛丑年二月，先天不足，所以自小羸弱。季淑连生两胎，体力消耗太大，对于孕妇保健的知识我们几等于零，所以她就吃亏太多，我事后悔恨无及。幸亏有她的母亲和她相伴，她在精神上得到平安，因为她不再挂念她的老母。我看见季淑心情宁静，我亦得到无上的安慰。

这一年我父亲游杭州，路过上海也来住了几天。季淑知道我父亲的日常生活的习惯和饮食的偏好，侍候唯恐不周。他洗脸要用大盆，直径要在二尺以上，季淑就真物色到那样大的洋瓷盆。他喝茶要用盖碗，水要滚，茶叶要好，泡的时间要不长不短，要守候着在正合宜的时候捧献上去，这一点季淑也做到了。我父亲说除了我的母亲之外，只有季淑泡的茶可以喝。父亲喜欢冷饮，季淑自己制作各种各样的饮料，她认为酸梅汤只有北京信远斋的出品才够标准。早点巷口的生煎包子就可以了，她有时还要到五芳斋去买汤包。每餐菜肴，她尽其所能去调配，自更不在话下。亚紫、业雅也常在一起陪伴，是我们家里最热闹的一段时期。父亲临走，对季淑着实夸奖了一番，说她带着两个孩子操持家务确是不易。

第三年我们搬到爱多亚路一〇一四弄，是一栋三楼的房子，虽然也是弄堂房子，但有了阳台、壁炉、浴室、卫生设备等等。一九三〇年四月十六日（阴历三月十八），在这里季淑生下第三胎，我们唯一的儿子文骐。照顾三个孩子，很不简单，单是孩子的服装就大费周章。季淑买了一架胜家缝纫机，自己做缝纫，连孩子的大衣也是自己做。她在百忙中没有忘记修饰她自己。她把头发剪了，不再有梳头的麻烦，额前留着刘海，所谓"boyish bob"，是当时最流行的发式。旗袍短到膝盖，高领短袖。她自己的衣服也是大部分自己做，找裁缝匠反倒不如意。我喜欢看她剪裁，有时候比较质地好的材料铺在桌上，左量右量，画线再画线，拿着剪刀迟迟不敢下手，我就在一旁拍着巴掌唱起儿歌："功夫用得深，铁杵磨成针。功夫用得浅，薄布不能剪！"她把我推开："去你的！"然后她就咔吱咔吱地剪起来了。她很快地把衣服做好，穿起来给我看，要我批评。除了由衷的赞美之外，还能说什么？

我在光华、中国公学两处兼课，真茹、徐家汇、吴淞是一个大三角，每天要坐电车、野鸡汽车、四等火车赶到三处地方，整天奔波，所以每天黎明即起。厨工马兴义给我预备极丰盛的一顿早点，季淑不放心，她起来监督，陪我坐着用点，要我吃得饱饱的，然后伴我走到巷口看我搭上电车才肯回去。这一年我母亲带着五弟到杭州去，路过上海在我们家住了些日子。

我们右邻是罗努生、张舜琴夫妇，左邻是一本地商人，再过去是我的妹妹亚紫和妹夫时昭涵，再过去是同学孟宪民一家，前弄有时昭静和夏彦儒夫妇，丁西林独居一栋，所以巷里熟人不少。努生一家最不安宁，夫妻勃谿，时常动武，午夜爆发，张舜琴屡次哭哭啼啼跑到我家诉苦。家务事外人无从置喙，结果是季淑送她回去。我们当时不懂，既成夫妻，何以会反目，何以会争吵，何以会仳离。季淑常天真地问我："他们为什么要离婚？"

有一天中秋前后，徐志摩匆匆地跑来，对我附耳说："胡大哥请吃花酒，要我邀你去捧捧场。你能不能去，先去和尊夫人商量一下，若不准你去就算了。"我问要不要去约努生，他说："我可不敢，河东狮子吼，要天翻地覆，惹不起。"我上楼去告诉季淑，她笑嘻嘻地一口答应："你去嘛，见识见识。喂，什么时候回来？""当然是，吃完饭就回来。"胡先生平素应酬未能免俗，也偶尔叫条子侑酒，照例到了节气要去请一桌酒席。那位姑娘的名字是"抱月"，志摩说大概我们胡大哥喜欢那个月字是古月之月，否则想不出为什么相与了这位姑娘。我记得同席的还有唐腴胪和陆仲安，都是个中老手。入席之后照例每人要写条子召自己平素相好的姑娘来陪酒。我大窘，胡先生说："由主人代约一位吧。"约来了一位坐在我身后，什么模样，什么名字，一点也记不得了。饭后还有牌局，我就赶快告辞。季淑问我感想如何，我告诉她：买笑是痛苦的经验，因为侮辱女性，亦即是侮辱人性，亦即是侮辱自己。男女之事若没有真的情感在内，是丑恶的。这是我在上海三年唯一的一次经验，以后也没再有过。

九

由于杨金甫的邀请，我到青岛去教书。这是一九三〇年夏天的事。我们乘船直赴青岛，先去参观环境，闻一多偕行。我们下榻于中国旅行社，雇了两辆马车环游市内一周，对于青岛的印象非常良好，季淑尤其爱这地方的清洁与气候的适宜，与上海相比，不啻霄壤。我们随即乘火车返回北平度过一个暑假，我的岳母回到程家。

在青岛鱼山路四号，我们租到一栋房子，楼上四间楼下四间。这地点距离汇泉海滩很近，十几分钟就可以走到。季淑兴致很高，她穿上了泳装，和我偕孩子下水。孩子用小铲在沙滩上掘沙土，她和我就躺在沙滩上晒太阳，玩到夕阳下山还舍不得回家。有时候我们坐车到栈桥，走上伸到海中的长长的栈道，到尽端的亭子里乘凉。海滨公园也是我们爱去的地方，因为可以在乱石的缝里寻到很多的小蟹和水母，同时这里还有一个水族馆。第一公园有老虎和其他的兽栏，到了春季樱花盛开，可真是蔚为大观。季淑叹为奇景，一去辄流连不忍走。后来她说美国西雅图或美京华盛顿的樱花品种不同，虽然也颇可观，但究比青岛逊色。我有同感。

我为学校图书馆购书赴沪一行，顺便给季淑买了一件黑绒镶红边的背心，可以穿在旗袍外面，她很喜欢，尤其是因为可以和她的一双黑漆皮镶红边的高跟鞋相配合。季淑在这时候较前丰腴，容颜焕发，洋溢着母性的光辉。我的朋友们很少在青岛有眷属，杨金甫、赵太侔、黄任初等都有家室，但都不知住在什么地方。闻一多一度带家眷到青岛，随即送还家乡。金甫屡次善意劝我，不要永远守在家里，暑期不妨一个人到外面海阔天空地跑跑，换换空气。我没有接受他的好意。和谐的家室，空气不需要换。如果需要的话，镇日价育儿持家的妻子比我更有需要。

父亲慕青岛名胜，来看我们，住了十二天。我们天天出去游玩。有一天，季淑到大雅沟的菜市买来一条长二尺以上的鲥鱼，父亲大为击赏。肥城桃、莱阳梨、烟台的葡萄与苹果，都可以说是天下第一，我们放量大嚼，而德人开的弗劳塞饭店的牛排与生啤酒尤为令人满意。张道藩从贵州带来的茅台酒，也成了我们孝敬父亲的无上佳品。有一晚父亲和我关起门来私谈，他把我们家的历史从我祖父起原原本本地讲述给我听，都是我从前没有听到过的。他说："有些事不足为外人道，不必对任何人提起，但不妨告诉季淑知道。"最后他提出两点叮嘱，他说他垂垂老矣，迫切期望我们能有机会在北平做事，大家住在一起，再就是关于他将来的身后之事。我当天夜晚把这些话告诉了季淑，她说："父亲开口要我们回去，我们还能有什么话说。"

第二年，我们搬到鱼山路七号居住。是新造的楼房，四上四下，还有地下室，前院亦尚宽敞。房东王德溥先生，本地人，具有山东人特有的忠厚朴实的性格，房东、房客之间相处甚得。我们要求他在院里栽几棵树，他唯唯诺诺，没想到第二天他就率领着他的儿子押送两大车的树秧来了。六棵樱花、四棵苹果、两棵西府海棠，把小院种得满满的。树秧很大，第二年即开始着花，樱花都是双瓣的，满院子的蜜蜂嗡嗡声。苹果第二年也结实不少，可惜等不到成熟就被邻居的恶童偷尽。西府海棠是季淑特别欣赏的，胭脂色的花苞，粉红的花瓣，衬上翠绿的嫩叶，真是娇艳欲滴。

我们住定之后就设法接我的岳母来住，结果由季淑的一位表弟刘春霖护送到青岛。这样我们才安心。季淑身体素弱，第四度怀孕使她狼狈不堪，于一九三三年二月二十五日（阴历二月二日）生文蔷，由她的女高师同学王绪贞接生，得到特别小心照护，我们终身感激她。分娩之后不久，四个孩子同时感染猩红热，第二女不幸夭折。做母亲的尤为伤心。入葬的那一天，她尚不能出门，于冰霰霏霏之中，我看着把一具小棺埋在第一公墓。

青岛四年之中我们的家庭是很快乐的。我的莎士比亚翻译在这时候开始，若不是季淑的决断与支持，我是不敢轻易接受这一份工作的。她怕我过劳，一年只许我译两本，我们的如意算盘是一年两本，二十年即可完成，事实上用了我三十多年的工夫！我除了译莎氏之外，还抽空译了《织工马南传》《西塞罗文录》，并且主编天津《益世报》的一个文艺周刊。季淑主持家务，辛苦而愉快，从来没有过一句怨言。我们的家座上客常满，常来的客如傅肖鸿、赵少侯、唐郁南都常在我们家吃便饭，学生们常来的有丁金相、张淑齐、蔡文显、韩朋等等。张罗茶饭、招待客人都是季淑的事。我从北平订制了一个烤肉的铁炙子，在青岛恐怕是独一的设备，在山坡上拾捡松枝松塔，冬日烤肉待客，皆大欢喜。我的母亲带着四弟治明也来过一次，治明特别欣赏季淑烹制的红烧牛尾。后来他生了一场匐行疹，病中得到季淑的悉心调护，痊愈始去。

胡适之先生早就有意约我到北京大学去教书，几经磋商，遂于一九三四年七月结束了我们的四年青岛之旅。临去时房屋租约未满，尚有三个月的期间，季淑认为应该如约照付这三个月的租金，房东王先生坚不肯收，争执甚久，我在旁呵呵大笑："此君子国也！"房东拗不过去，勉强收下，买了一份重礼亲到车站送行。季淑在离去之前，把房屋打扫整洁一尘不染，这以后成了我们的惯例，无论走到哪里，临去必定大事扫除。

十

我们决定回北平，父母亲很欢喜，开始准备迁居，由大取灯胡同一号迁到内务部街二十号。内务部街的房子本是我们的老家，我就是生在那个老家的西厢房，原是祖父留下的一所房子，在我十五岁的时候才从那里迁到大取灯胡同的新房。老家出租多年，现在收回自用。这所老房子比较大，约有房四十间，旧式的上支下摘，还有砖炕，院落较多，宜于大家庭居住。父母兴奋得不得了，把旧房整缮一新，把外院和西院划给我，并添造一间浴室。我母亲是年六十，她说："好了，现在我把家事交给季淑，我可以清闲几年了。"事实上我们还是无法使母亲完全不操心。

回到北平先在大取灯胡同落脚，然后开始迁居。"破家值万贯"，而且我们家的传统是"室无弃物"，所以百八十年下来的这一个家是无数破烂东西的总汇，搬动一下要兴师动众，要雇用大车小车以及北平所特有的"窝脖儿"的，陆陆续续地搬了一个星期才大体就绪。指挥奔走的重任落在季淑的身上。她真是黎明即起，整天前庭后院地奔走，她的眼窝下面不时地挂着大颗的汗珠，我就掏出手绢给她揩揩。

垂花门外有一棵梨树，是房客栽的，多年生长已经扑到房檐上面，把整个院子遮盖了一半，结实累累，蔚为壮观。不知道母亲听了什么人饶舌，说梨与离同音，不祥，于是下令砍伐。季淑不敢抗，眼睁睁地看着工人把树砍倒，心中为之不怿者累日。后来我劝她在原处改植别的不犯忌讳的花木，亦可略补遗憾。她立即到隆福寺街花厂选购了四棵西府海棠，因为她在青岛就有此偏爱。这四株娇艳的花木果然如所预期，很快地长大成形，翌年即繁花如簇，如火如荼，春光满院，生机盎然。同时她又买了四棵紫丁香，种在西院我的书房与卧室之间，紫丁香长得更猛，一两年间妨碍人行，非修剪不可。丁香开时香气四溢，招引蜂蝶，终日攘攘不休。前院檐下原有两畦芍药奄奄一息，季淑为之翻土施肥，冬日覆以积雪，来春新芽茁发。我的书房檐下多阴，她种了一池玉簪，抽蕊无数。

我们一家三代，大小十几口，再加上男女佣工六七人，是相当大的一个家庭。晨昏定省是不可少的礼节。每天早晨听到里院有了响动，我便拉着文蔷到里院去，到上房和东厢房分别向父母问安。文蔷是我们最小的孩子，不拉着她便根本迈不过垂花门的一尺高的门槛。文茜、文骐都跟在我的身后。文蔷还另有任务，每天把报纸送给她的祖父。祖父接过报纸总是喊她两声："小肥猪！小肥猪！"因为她小时候很胖。季淑每天早晨要负责沏盖碗茶，其间的难处是把握住时间，太早太晚都不成。每天晚上季淑还要伺候父亲一顿宵夜，有时候要拖到很晚，我便躺在床上看书等她。每日两餐是大家共用的，虽有厨工专理其事，调配设计仍需季淑负责，亦大费周章。家庭琐事永远没完没结，所谓家庭生活是永无休止的修缮补苴。缝缝连连的事，会使用缝纫机的人就责无旁贷。对外的采办或交涉，当然也是能者多劳。最难堪的是于辛劳之余还不能全免于怨怼。有一回已经日上三竿，季淑督促工人捡煤球，扰及贪睡者的清眠，招致很大的不快。有人愤愤难平，季淑反倒夷然处之，她爱说的一句话是："唐张公艺九世同居，得力于百忍，我们只有三世，何事不可忍？"

家事全由季淑处理，上下翕然，我遂安心做我的工作，教书之余就是翻译写稿。我在西院南房，每到午后四时，季淑必定给我送茶一盏。我有时停下笔来拉她小坐，她总是把我推开，说："别闹，别闹，喝完茶赶快继续工作。"然后她就抽身跑了。我隔着窗子看她的背影。我的翻译工作进行顺利，晚上她常问我这一天写了多少字，我若是告诉她写了三千多字，她就一声不响地跷起她的大拇指。我译的稿子她不要看，但是她愿意知道我译的是些什么东西。所以莎士比亚的几部名剧里的故事，她都相当熟悉。有几部莎士比亚的电影片上演，我很希望她陪我去看，但是她分不开身，她总是遗憾地教我独自去看。

季淑有一个见解，她以为要小孩子走上喜爱读书的路，最好是尽早给孩子每人置备一个书桌。所以孩子开始认字，就给他设备一份桌椅。木器店里没有给小孩用的书桌，除非定制，她就买普通尺寸的成品，每人一份，放在寝室里挤得满满的。这一项开支决不可省。她告诉孩子哪一个抽屉放书，哪一个抽屉放纸笔。有了适当的环境之后，不久孩子养成了习惯，而且到了念书的时候自然地各就各位。孩子们由小学至大学，从来没有任何挫折，主要的是小时候养成良好习惯。季淑做了好几年的小学教师，她的教学经验在家里发生宏大的影响。可见小学教师应是最可敬的职业之一。

我们的男孩子仅有一个，季淑嫌单薄一些，最好有两男两女。一九三五年冬，她怀有五个月的孕，一日扭身开灯，受伤流产。送往妇婴医院,她为节省,住进二等病房,夜间失血过多,而护士置若罔闻。我晨间赶去探视,已奄奄一息,医生开始惊慌,急救输血,改进头等病房并请特别护士。白天由我的岳母照料,夜晚由我陪伴。(按照医院规定,男客是不准在病房夜晚逗留的。)一个星期之后才脱险。临去时那些不负责任的护士还奚落她说:"我们没有见过像你这样的娇太太!"从此我们就实行生育节制。

我对政治并无野心,但是对于国事不能不问,所以我办了一个周刊,以鼓吹爱国、提倡民主为原则。朋友们如谢冰心、李长之等等都常写稿给我,周作人也写过稿子。因此我对于各方面的人物常有广泛的接触。季淑看见来访的客人鱼龙混杂,就为我担心。她偶尔隔着窗子窥探出入的来客,事后问我:"那个獐头鼠目的是谁?那个垂首蛇行的又是谁?他们找你做什么?"这使我提高了警觉。果然,就有某些方面的人来做说客,"愿以若干金为先生寿"。人们有一种错觉,以为凡属舆论,都是一些待价而沽的东西。我当即予以拒绝,季淑知道此事之后完全支持我的决定,她说:"我愿省吃俭用和你过一生宁静的日子,我不羡慕那些有办法的人之昂首上骧。"我隐隐然看到她的祖父之高风亮节在她身上再度发扬。

日寇侵略日益加紧,一九三七年六月二十三日召开庐山会议,我应邀参加,事实上没有什么商议,只是宣告国家的政策。我没有等会议结束即兼程北返，七月七日卢沟桥事变，二十八日北平陷落。我和季淑商议，时势如此，决定我先只身逃离北平。我当即写下遗嘱。戎火连天，割离父母、妻子远走高飞，前途渺渺，后顾茫茫。这时候我联想到"出家"真非易事，确是将相所不能为。然而我毕竟这样做了。等到天津火车一通，我立即登上第一班车，短短一段路由清早走暮夜才到达天津。临别时季淑没有一点儿女态，她很勇敢地送我到家门口，互道珍重，相对黯然。"与子之别，思心徘徊！"

十一

和我约好在车上相见的是叶公超，相约不交一语。后来发现在车上的学界朋友有十余人之多，抵津后都住进了法租界帝国饭店。我旋即搬到罗努生、王右家的寓中，日夜收听广播的战事消息。我们利用大头针制作许多面红白小旗，墙上悬大地图，红旗代表我军，白旗代表敌军，逐日移动地插在图上。看看红旗有退无进，相与扼腕。《益世报》的经理生宝堂先生在赴义租界途中被敌兵捕去枪杀，我们知道天津不可再留，我与努生遂相偕乘船到青岛，经济南转赴南京。在济南车站遇到数以千计由烟台徒步而来的年轻学生，我的学生丁金相在车站迎晤她的逃亡朋友，无意中在三等车厢里遇见我，相见大惊，她问我："老师到哪里去？"

"到南京去。"

"去做什么？"

"赴国难，投效政府，能做什么就做什么。"

"师母呢？"

"我顾不得她，留在北平家里。"

她跑出站买了一瓶白兰地、一罐饼干送给我，汽笛一声，挥手而别，我们都滴下了泪。

南京在敌机空袭之下，人心浮动。我和努生都有报国有心、投效无门之感。我奔跑了一天，结果是教育部发给我二百元生活费和"岳阳丸"头等船票一张，要我立即前往长沙候命。我没有选择，便和努生匆匆分手，登上了我们扣捕的日本商船"岳阳丸"。叶公超、杨金甫、俞珊、张彭春都在船上相遇。伤兵、难民挤得船上甲板水泄不通，我的精神陷入极度苦痛。到长沙后我和公超住在青年会，后移入韭菜园的一栋房子，是樊逵羽先生租下的北大办事处。我们三个人是北平的大学教授南下的第一批。随后张子缨也赶来。长沙勾留了近月，无事可做，心情苦闷，大家集议醵资推我北上接取数家的眷属。我衔着使命，间道抵达青岛，搭顺天轮赴津，不幸到烟台时船上发现虎烈拉（霍乱），船泊大沽口外，日军不许进口，每日检疫一次，海上拘禁二十余日，食少衣单，狼狈不堪。登岸后投宿皇宫饭店，立即通电话给季淑。翌日她携带一包袱冬衣到津与我相会。乱离重逢，相拥而泣。翌日季淑返回北平。因樊逵羽先生正在赶来天津，我遂在津又有数日勾留。后我返平省亲，在平滞留三数月，欲举家南下而情况不许，尤其是我的岳母年事已高不堪跋涉。季淑与其老母相依为命，不可能弃置不顾，侍养之日诚恐不久，而我们夫妻好合则来日方长，于是我们决定仍是由我只身返后方。会徐州陷落，敌伪强迫悬旗志贺，我忍无可忍，遂即日动身。适国民参政会成立，我膺选为参政员，乃专程赴香港转去汉口，从此进入四川，与季淑长期别离六年之久。

在这六年之中，我固颠沛流离、贫病交加，季淑在家侍奉公婆老母，养育孩提，主持家事，其艰苦之状乃更有甚于我者。自我离家，大姐、二姐相继去世，二姐遇人不淑，身染肺癌，乏人照料，季淑尽力相助，弥留之际仅有季淑与二姐之幼女在身边陪伴。我们的三个孩子在同仁医院播种牛痘，不幸疫苗不合规格，注射后引起天花，势甚严重，几濒于殆。尤其是文茜面部结痂作痒，季淑为防其抓破成麻，握着她的双手数夜未眠，由是体力耗损，渐感不支。维时敌伪物资渐缺，粮食供应困难，白米白面成为珍品，居恒以糠麸、花生皮屑羼入杂粮混合而成之物充饥，美其名曰"文化面"。儿辈羸瘦，呼母索食，季淑无以为应，肝肠为之寸断。她自己刻苦，但常给孩子鸡蛋佐餐，孩子久而厌之。

有时蒸制丝糕（即小米粉略加白面白糖蒸成之糕饼）作为充饥之物，亦难得引起大家的食欲。此际季淑年在四十以上，可能是由于忧郁，更年期提早到来，百病丛生，以至于精神崩溃。不同情的人在一旁讪笑："我看她没有病，是爱花钱买药吃。""我看她也没有病，我看见她每饭照吃。""我看她也没有病，丝糕一吃就是两大块。"她不顾一切，乞灵于协和医院，医嘱住院，于是在院静养两星期，病势略转。此后风湿关节炎时发时愈，足不良行。孩子们长大，进入中学，学业不成问题，均尚自知奋勉不落人后，但是交友万一不慎，后果堪虞，季淑为了此事最为烦忧。抗战期间前方后方邮递无阻，我们的书信往来不断，只是互报平安，季淑在家种种苦难并不透露多少，大部分都是日后讲给我听。

我的岳母虽然年迈，健康大致尚佳。她曾表示愿意看看自己的寿材，所以我在离平之前和季淑到了槥厂订购了上好的木材一副，她自己看了也满意。一九四三年春偶然不适，好像有所预感，坚持回到程家休憩，不数日即突然病革。季淑带着孩子前去探视，知将不起，尚殷殷以我为念。她最喜爱文蔷，临终时呼至榻前，执其手而告之："文蔷，你乖乖的，听你妈妈的话。"言讫，溘然而逝。所有丧葬之事均由季淑力疾主持。她有信给我详述经过，哀毁逾恒，其中有一句话是："华，我现在已成为无母之人矣……"季淑孝顺她的母亲不是普通的孝顺，她是真实地做到了"菽水承欢"。

季淑没有和我一起到后方去，主要的是为了母亲。如今母亲既已见背，我们没有理由维持两地相思的局面。我们十年来的一点积蓄，除了投资损失之外陆续贴补家用，六年来亦已告罄，所以我就写信要她准备来川。她唯一的顾虑是她的风湿病，不知两腿是否禁得起长途跋涉。说也奇怪，她心情一旦开朗，脚步突然转健，若有神助。由北平起旱到四川不是一件容易事。季淑有一位堂弟道良，前两年经由叔辈决定过继给我的岳母做继子，他们的想法是：季淑究竟是一个女儿，嫁出的女儿泼出的水，不能成为嗣祧。道良为人极好，事季淑如胞姐，他自告奋勇，送她一半行程。一九四四年夏，季淑带着三个孩子、十一件行李，病病歪歪的，由道良搀扶着，从北平乘车南下。由徐州转陇海路到商丘，由商丘起旱到亳州，这是前后方交界之处，道良送她到此为止，以后的漫漫长途就靠她自己独闯了。所幸她的腿疾日有进步，到这时候已可勉强行走无须扶持。从亳州到漯河，由漯河到叶县，这一段的交通工具只能利用人力推车，北方话称之为"小车子"，车仅一轮，由车夫一人双手把持，肩上横披一带系于车把之上，轮的两边则一边坐人，一边放行李，车夫一面前进一面摆动其躯体以维持均衡。土路崎岖，坑洼不平，轮轴吱吱作响，不但进展迟缓，且随时有翻倒之虞。车夫一面挥汗一面高唱俚歌，什么"常山赵子龙，燕人张翼德""有山就有水，有水就有鱼……"一路上前呼后应，在黄土飞扬之中打滚。到站打尖，日暮投宿，季淑就这样地带着三个孩子、十一件行李一天又一天地在永无止境的土路上缓缓前进。怕的是青纱帐起，呼吁无门，但邀天之幸，一路安宁，终于到达叶县。对于劳苦诚实的车夫们，季淑衷心感激，乃厚酬之。

由叶县到洛阳有公路可循，可以搭乘公共汽车，汽车是使用柴油的，走起来突突冒烟，随时随地抛锚。乘客拥挤抢座，幸赖有些流亡学生见义勇为，帮助季淑及二女争取座位，文骐不在妇孺之列，只能爬上车顶在行李堆中觅一席地。季淑怕他滚落，苦苦哀求其他车顶上的同伴赐以援手，幸而一路无事。黄土平原久旱无雨，汽车过处黄尘蔽天。到站休息时人人毛发尽黄，纷纷索水洗面。季淑在道旁小店就食，点菠菜猪肝一盘，孩子大悦，她不忍下筷，唯食余沥而已。同行的流亡学生有贫苦以至枵腹者，季淑解囊相助，事实她自己的盘缠也所余无几了。

季淑一行到洛阳后稍事休息，搭上火车，精神为之一振，虽是没有窗户的铁闷车，然亦稳速畅快。唯夜间闯过潼关时熄灯急驶，犹不免遭受敌军炮轰，幸而无恙，饱受虚惊。到达西安，在菊花园口厚德福饭庄饱餐一顿并略得接济，然后搭车赴宝鸡，这是陇海路最后一站。从此便又改乘公共汽车，开始长征入川。汽车随走随停，至剑阁附近而严重抛锚，等待运送零件方能就地修复。季淑托便车带信给我，我乃奔走公路局权要之门请求救济。

我生平不欲求人，至是不能不向人低首！在此期间，季淑等人食宿均成问题，赖有同行难友代为远道觅食，夜晚即露宿道旁。一夕，睡眠中忽闻哞声走于身畔，隐约见一庞形巨物，季淑大惊而呼，群起察视，原来是一只水牛。越数日汽车修复，开始蠕动，终于缓缓地爬到了青木关，再换车而抵达北碚，与我相会。

六年暌别，相见之下惊喜不可名状。长途跋涉之后，季淑稍现清癯。然而我们究竟团圆了。"今夕何夕，见此粲者！"凭了这六年的苦难，我们得到了一个结论：在丧乱之时，如果情况许可，夫妻儿女要守在一起，千万不可分离。我们受了千辛万苦，不愿别人再尝这个苦果。日后遇有机会，我们常以此义劝告我们的朋友。

我在四川一直支领参政会一份公费，虽然在国立编译馆全天工作，并不受薪。人笑我迂，我行我素。现在五口之家，子女就学，即感拮据。季淑征尘甫卸，为补充家用，接受社会部北碚儿童福利实验区之聘，任该区福利所干事。区主任为章柳泉先生。季淑的职务是办理消费合作社的事务。和她最契的同事是童启华女士（朱锦江夫人）。据季淑告诉我，童先生平素不议人短长，不拨弄是非，而且公私分明，一丝不苟，掌管公物储藏，虽一纸一笔之微，核发之际亦必详究用途，不稍浮滥，时常开罪于人。季淑说像这样奉公守法的人是极少见的。季淑和她交谊最洽，可惜胜利后即失去联络，但季淑时常想念到她。

第二年，即一九四五年，季淑转入迁来北碚的国立戏剧专科学校为教具组服装管理员，校长为余上沅。上沅夫妇是我们的熟人，但季淑并不因人事关系而懈怠其职务，她准时上班下班，忠于其职守。她给全校师生留下了良好的印象。

季淑于生活艰难之中在四川苦度了两年。事实上在抗战期间，无论是在陷区或后方，没有人不受到折磨的。只有少数有办法的人能够浑水摸鱼。我有一位同学，历据要津，宦囊甚富，战时寓居香港，曾扬言于众："你们在后方受难，何苦来哉？一旦胜利来临，奉命接收失土、坐享其成的是我们，不是你们。"我们听了不寒而栗。这位先生于日军攻占香港时遇害。

一九四五年八月十日季淑晚间下班时，带回了一张报纸的号外：

《嘉陵江日报》

号外

日本接受无条件投降

旧金山八月十日广播日本政府本日四时接受四国公告无条件投降其唯一要求是保留天皇今日吾人已获胜利已获和平

我们听到了遥远的爆竹声、鼎沸的欢呼声。

还乡的交通工具不敷，自然应该让特权阶级、豪门巨贾去优先使用，像我们所服务的闲散机构如国民参政会、国立编译馆之类，当然应该听候分配。等候了一年光景，一九四六年秋，国民参政会通知有专轮直驶南京，我们这才怀着一种复杂的心情告别四川鼓轮而下。我说心情复杂，因为抗战结束可以了却多年流亡之苦，可以回乡省视年老的爹娘，可以重新安心做自己的工作，但是家园已经破碎，待要从头整理，而国事蜩螗，不堪想象。

十二

我们在南京下榻于国立编译馆的一间办公室内，包饭搭伙，孩子们睡地板。也有人想留我在南京工作，我看气氛不对，和季淑商量还是以回到北平继续教书为宜，便借口离开南京，遄赴上海搭飞机返平。阔别八年的我，在飞机上看到了颐和园的排云殿，心都要从口里跳出来。

回到家里看见我父母都瘦了很多，一阵心酸，泣不可抑。当时三弟、五弟都在家，大姐一家也住在东院，后来五妹和妹婿一家也来了，家里显得很热闹。我们看到垂花门前的野草高与人齐，季淑便令孩子们拔草，整理庭院焕然一新。我的父亲是年七十，步履维艰，每晨自己提篮外出买烧饼、油条相当吃力，我便请准由我每日负责准备早餐。当我提了那只篮子去买烧饼的时候，肆人惊问我为何人，因为他们认识那个篮子。也许这两桩事我们做得不对，因为我们忘了《世说新语》赵母嫁女的故事："赵母嫁女，女临去，敕之曰：'慎勿为好！'女曰：'不为好，可为恶邪？'母曰：'好尚不可为，其况恶乎？'"我们率直而为之，不是有意为好。家里人口众多，遂四处分爨。

父亲关心我的工作，有一天拄着拐杖到我书室，问我翻译莎士比亚进展如何，这使我非常惭愧，因为抗战多年中我只译了一部。父亲说："无论如何，要译完它。"我就是为了他这一句话，下了决心必不负他的期望。想不到的是，于补祝他的七十整寿在承华园举行全家盛筵之后不久，有一晚我们已就寝，他突患冠状脉阻塞症，急救无效，竟于翌日晚间溘然长逝！我从四川归来，相聚才只一个月，即遭此大故！装殓时季淑出力最多，随后丧葬之事，她不做主张，只知尽力。

另一不幸事故，季淑的弟弟道良在东北军事倥偬之际受任辽宁大石桥车站站长，因坚守岗位不肯逃避以致殉职，遗下孤儿寡妇，惨绝人寰。灵柩运回北平，我陪季淑到东便门车站迎接，送往绩溪义园厝葬，我顺便向我的岳母的坟墓敬礼，凄怆之至。

这时候通货膨胀，生活困苦，我除在师大授课之外，利用寒假远到沈阳去兼课。季淑善于理家，在短绌的情形之下仍能稍有盈余。她的理论是：储蓄之法不是在开销之外把余羡收存起来，而是预先扣除应储之数然后再作支出。我们不时地到东单或东四的菜市，遇有鱼鲜辄购一尾，由季淑精心烹制献给母亲佐餐，因为这是我母亲喜食之物。我曾劝她买鱼两尾，一半自己享用，因为我知道她亦正有同嗜，而她坚持不可。她说："我们的享受，当俟来日。"她有一次在摊上看到煮熟的大块瘦肉，价格极廉，便买一小块携回，食之而甘，事后才知道那是驴肉或骡肉。我们日常用的水果是萝卜与柿子，孩子们时常望而生畏。

困苦中也要作乐。我们一家陪同赵清阁游景山，在亭子里闲坐啜茗，事后我写了一首五律送她。又有一次，我们一家和孙小孟一家游颐和园，爬上众香国，几个大人都气力不济，孩子们争先恐后地跑上了排云殿，我笑谓季淑曰："你还有上'鬼见愁'的勇气没有？"又指着玉泉山上的玉峰塔说："你还记得那个地方吗？"她笑而不答。风景依然，而心情不同了。到了冬天，孩子们去北海滑冰，我们便没有去观赏的兴致。想不到故都名胜，我们就这样地长久暌别，而季淑下世，重温旧梦亦永不可得！

一九四八年冬，北平风声日紧。有一天何思源来看我，我问他有何观感，他说："毫无办法。"一个有办法的人都说没有办法。不数日，炸弹丢在锡拉胡同他的住宅，炸死了他的一个女儿。学校的同事们有人得风声之先，只身前往门头沟，大多数人惶惶然。这时候，我的朋友陈可忠任广州中山大学校长，约我去教书，我便于十二月十三日带着孩子先行赴津洽购船票南下。季淑因为代我三妹出售房产手续未毕，约好翌日赴津相会。那时候卖房极为费事，房客刁钻，勒索搬家费高至房款三分之一，而且需以黄金支付，否则拒不搬出；及交付黄金，则对于黄金成色又多方挑剔。季淑奔走折冲，心力俱瘁。翌日手续办好，而平津交通中断。我在天津车站空接一场，急通电话到家，季淑毅然决然告我："急速南下，不要管我。"我遂于十二月十六日登上"湖北轮"凄然离津，途经塘沽，遭岸上士兵枪射，蜷卧统舱凡十四日始达香港。自我走后，季淑与文茜夫妇同居数日，但她立刻展开活动，决计觅求职业自力谋生。她说："沮丧没有用，要面对现实积极地活下去。"她首先去访问她的朋友范雪茵（黄国璋夫人），他们很热心，在她困难的时候伸出了援手。他们立刻把消息传到师大，校长袁敦礼先生及其他同事们都表示同情，答应设法给她觅取一份工作。三数日内消息传来，说有两架飞机北来迎接一些学界人士南下，其实城外机场已陷，城内炮声隆隆，临时在城内东长安街建造机场。季淑接到紧急电话通告，谓名单中有我的名字，她可以占用我的座位，须立即到北京饭店报到，一小时内起飞云云。她没有准备，仓促中提起一个小包袱衣物就上了飞机。出乎意料的，机上的人很少，空位很多。绝大多数的学界人昧于当前的局势，以为政局变化不会影响到教育，并且抗战多年的流离之苦谁也不想重演，所以有此种现象。有少数与学界无关的人却因人事关系混上了飞机。在南京主持派机的人是陈雪屏先生，他到机场亲自照料，凡无处可投的人被安置在一个女子学校礼堂里。季淑当晚就在那空洞洞的大房里睡了一宿。第二天她得到编译馆的王向辰先生的照料，在姚舞雁女士的床上又睡了一晚，第三天向辰送她上了火车赴沪。我的三妹、四弟都在上海，她先投奔厚德福饭店，由饭店介绍一家旅馆住下，随后她就搬到三妹家，立即买舟票赴港。我在海洋漂泊的时候她早已抵沪，而我不知道。我于十二月三十一日到香港，翌日元旦遄赴广州，正在石碑校区彷徨问路，突遇旧日北碚熟人谓我有信件存在收发室。取阅则赫然季淑由沪寄来之航信。我大喜过望，按照信中指示前往黄埔，登船阒无一人，原来船提前到达，我迟了一步，她已搭小轮驶广州。我俟回到广州，季淑也很快地找到了我的住处——文明路的平山堂。我以为我们此后难以再见，居然又庆团圆！

十三

在广州这半年，我们开始有身世飘零之感。平山堂是怎样的一个地方，我曾有一小文《平山堂记》，纯是纪实。我们住在这里，季淑要上街买菜，室中升火，提水上楼，楼下洗浣，常常累得红头涨脸。看见从东北来的师生露宿的情形，她又着实不忍，再看到山东来的学生数百人在操场上生火煮稀饭，她便拿出十元港币命孩子给送了过去。我们在穷困中兴复不浅，曾到六榕寺去玩，对于苏东坡题壁和六祖慧能的塑像印象甚深，但是那座花塔颜色俗丽而游人如织，则我们只好远远地避开。海角红楼也去饮茶过一次。住处实在没有设备，同仁康清桂先生为我们订制了一张小木桌。一切简陋，而我们还请梅贻琦、陈雪屏先生来吃过一顿便饭，季淑以她的拿手馅饼飨客，时昭瀛送来一瓶白兰地，梅先生独饮半瓶而玉山颓矣。

广州中山大学外文系主任林文铮先生，好佛，他的单人宿舍是一间卧室一间佛堂，常于晚间作法会，室为之满。林先生和我一见如故，谓有夙缘，从此我得有机会观经看教，但是后来要为我"开顶"，则敬谢不敏。季淑也在此时开始对于佛教发生兴趣，她只求摄心，并不佞佛。林先生深于密宗，我贪禅悦，季淑则近净土。这时候法舫和尚在广州，有一天有朋友引他来看我，他是太虚的弟子，我游缙云山时他正是缙云寺的知客，曾有过一面之缘，他居然还没忘记。他送来一部他所著的《〈金刚经〉讲话》（附《〈心经〉讲话》），颇有深入浅出之妙。季淑捧读多遍，若有所契，后来持诵《心经》成为她的日课。人到颠沛流离的时候，很容易沉思冥想，披开尘劳世网而触及此一大事因缘。因为季淑于佛教只得到一些精神上的寄托，无形中也影响到我，我于观经之余常有疑义和她互相剖析、商讨，惜无金篦刮膜，我们终未能深入。我写有《了生死》一篇小文，便是我们的一点共同的肤浅之见，有些眼界高的人讥我谓为小乘之见，然哉，然哉！

我们每到一地，季淑对于当地的花木辄甚关心。平山堂附近的大礼堂后身有木棉十数本，高可七八丈，红花盛开，遥望如霞如锦，蔚为壮观。花败落地，訇然有声，据云落头上可以伤人。她从地上拾起一朵，瓣厚数分，蕊如编缀，赏玩久之。

此时军事情势逆转，长江天堑而竟一苇可渡！广州震动，人心惶惶。我们几个朋友经常商讨何去何从。有一位朋友说他在四川万县有房有地，吃着无虞，欢迎我们一家前去同住。有一位朋友说他决计远走高飞到甘肃兰州，以为那是边陲、世外桃源。有一位朋友忽然闷声不响，原来他是打算去香港暂时观望，徐图靠拢。这时候教育部长杭立武先生，次长吴俊升、翟桓先生，他们就在中大的大礼堂楼上办公，通知我"教育部"要在台湾台北设法恢复国立编译馆的机构，其现实的目的是暂时收罗一些逃亡的学界人士。我接受了这个邀请，由台湾的教育厅厅长陈雪屏先生为我办了入境证，便于一九四九年六月底搭乘华联轮，直驶台湾。季淑晕船，一路很苦。

十四

台湾"二·二八"的影子还有时在心中呈现。我临行前写信给我的朋友徐宗涑先生："请为我预订旅舍，否则只好在尊寓屋檐下暂避风雨。"他派人把我们从基隆接到台北他家里歇宿了三天，承他的夫人史永贞大夫盛情款待，季淑与我终身感激。第四天搬进德惠街一号，那是林挺生先生的一栋日式房屋，承他的厚谊，我们有了栖身之处，而且一住就是三年。这一份隆情我们只好永铭心版了。季淑曾对我说："朋友们的恩惠在我们的心上是永不泯灭的，以后纵然有机会能够报答一二，也不能磨灭我们心上的刻痕。"她说得对。

德惠街当时是相当荒僻的地方，街中心是一条死水沟，野草高与人齐，偶有汽车经过，尘土飞扬入室扑面。在榻榻米上睡觉是我们的破题儿第一遭，躺下去之后觉得天花板好高好高，季淑起身时特别感觉吃力。过了两三个月，我买来三张木床、一个圆桌、八个圆凳，前此屋内只有季淑买来的一个藤桌、四把藤椅。这是我们的全部家具，一直用了二十多年，直到离开台湾始行舍去。有一天齐如山老先生来看我，进门一眼看到室内有床，惊呼曰："吓！混上床了！"这个"混"字（去声）来得妙，"混"是混事之谓，北方土语谓在社会上闯荡赚钱谋生为"混"。有季淑陪我，我当然能混得下去！徐太太送给我们一块木板、一根擀面杖和几个瓶子，我们便请了宗涑和他的夫人来吃饺子，我擀皮，季淑包，虽然不成敬意，大家都很高兴。

附近有一家冰果店，店名曰"春风"。我们有时踱到那里吃点东西，季淑总是买冰棒一根，取其价廉。我们每去一次，我名之为"春风一度"。

有人送一只特大的来亨鸡，性极凶猛，赤冠金距，遍体洁白，我们名之为"大公"。怕它寂寞，季淑给它买来一只黑毛大母鸡，名"缩脖坛子"，为大公所不喜；后又买来一只小巧的黄花杂毛母鸡，深得大公欢心，我们名之为"小花"。小花生蛋，大公亦有时代孵。大公得食，留给小花，没有"缩脖坛子"的份。卵多被大公踏破，季淑乃取卵纳入纸匣，装以灯泡，不数日而壳破雏出；有时壳坚不得出，她就小心地代为剖剥，黄茸茸的小雏鸡托在掌上，讨人欢喜。雏鸡长大者不过三数只，混种特别矫健，兼有大公之白与小花之俏，我们分别名之为"老大""老二""老三"。饲鸡是一件趣事，最受欢迎的是沙丁鱼汁拌饭，再不就是残肴剩菜拌饭，而炸酱面尤妙，会像"长虫吃扁担"似的一根根地直吞下去，季淑顾而乐之。养鸡约有两年，后因迁居不便携带，乃分送友朋，大公抑郁病死，小花被贼偷走不知所终。

我们本来不拟雇用女仆，季淑愿意操劳家事，她说她亲手制作饭食给我和孩子享用，是她的一大快乐，而且劳动筋骨对她自己也有益处。编译馆事务方面的人坚持要送一位女仆来理炊事，固辞不获，于是我们家里就添了一位年方十九、籍隶新竹的丫小姐。是一位天真未凿的乡下姑娘，本地的风俗是乡下人家常把他们的女儿送到城里来做事，并不一定是为糊口，常是为了想在一个良好家庭中学习一些礼仪知识以为异日主持家务之准备。季淑对于佣工，从来没有过摩擦，凡是到我家里来工作的人都是善来善去。这位丫小姐年纪轻轻，而且我们也努力了解本地的风俗习惯，待之以礼，所以和我们相处很好。不知怎的，她一天天地消瘦下来，不思饮食，继而不时长吁短叹，终乃天天以泪洗面。季淑不能不问，她初不肯言，终于廉得其情，其中一部分仍是谎饰，但是我们大体明了她的艰难处境——她急需要钱。季淑基于同情，把她手中剩存美金三十元全部送给了她，解救她的困厄。于羞惭称谢声中，她离我们而去。

编译馆原是由杭立武自兼馆长，馆址由洛阳街迁到浦城街，人员增多，业务渐繁，杭先生不暇兼顾，要我代理，于是馆长一职我代理了九个多月。文书鞅掌，非我素习，而人事应付尤为困扰。接事之后，大大小小的机关首长纷纷折简邀宴，饮食征逐，虚糜公帑。有一次在宴会里，一位多年老友拍肩笑着说道："你现在是杭立武的人了！"我生平独来独往不向任何人低头，所以栖栖惶惶一至于斯，如今无端受人讥评，真乃奇耻大辱。归而向季淑怨诉，她很了解我，她说："你忘记在四川时你的一位朋友蒋子奇给你相面，说你'一身傲骨，断难仕进'？"她劝我赶快辞职。她想起她祖父的经验，为宦而廉介自持则两袖清风，为宦而贪赃枉法则所不屑为，而且仕途险恶，不如早退。她对我说："假设有一天，朋比为奸坐地分赃的机会到了，你大概可以分到大股，你接受不？受则不但自己良心所不许，而且授人以柄，以后永远被制于人；不受则同僚猜忌，唯恐被你检举，因不敢放手胡为而心生怨望，必将从此千方百计陷你于不义而后快。"她这一番话坚定了我求去的心。此时政府改组，杭先生去职，我正好让贤，于是从此脱离了编译馆，专任师大教职。我任事之初，从不往来的人也登门存问，而且其尊夫人也来和季淑周旋，我卸职之后则门可罗雀，其怪遂绝。芝麻大的职位也能反映出一点点的人性。

因为台大聘我去任教并且拨了一栋相当宽敞的宿舍给我，师大要挽留我也拨出一栋宿舍给我，我听从季淑的主张，决定留在师大，于是在一九五二年夏搬进了云和街十一号。这也是日式房屋，不过榻榻米改换为地板，有几块地方走上去像是踏在地毯上一般软乎乎的。房子油刷一新，碧绿的两扇大门还相当耀眼。一位早已分配到宿舍而尚无这样大门的朋友顾而叹曰："是乃豪门！"地皮不大方正，前面宽，后面窄，在堪舆家看来是犯大忌的，我们不相信这一套。前院有一棵半枯的松树，一棵头重脚轻的曼陀罗（俗名鸡蛋花），还有一棵很大很大的面包树。这一棵面包树遮盖了大半个院子，叶如巨灵之掌，可当一把蒲扇用，果实烂熟坠地，据云可磨粉做成面包。季淑喜欢这棵树，喜欢它的硕大茂盛。后院里我们种了一棵黄莺、一棵九重葛，都很快地长大。为了响应当时的号召，还在后院建设了一个简陋的防空洞，其作用是积存雨水、繁殖蚊虫。

面包树的荫凉，在夏天给我们招来了好几位朋友。孟瑶住在我们街口的一个"危楼"里，陈之藩、王节如也住在不远的地方，走过来不需要五分钟，每当晚饭后薄暮时分，这三位是我们的常客。我们没有椅子可以让客人坐，只能搬出洗衣服时用的小竹凳子和我们饭桌旁的三条腿的小圆木凳，比"班荆道故"的情形略胜一筹。来客在树下怡然就座，不嫌简慢。我们海阔天空，无所不谈。我记得孟瑶讲起她票戏的经验，眉飞色舞，节如对于北平的掌故比我知道得还多，之藩说起他小时候写春联的故事，最是精彩动人。三位都是戏迷，逼我和季淑到永乐戏院去听戏，之后谈起顾正秋女士，谈三天也谈不完。季淑每晚给我们张罗饮料，通常是香片茶，永远是又酽又烫。有时候是冷饮。如果是酸梅汤，就会勾起节如对于北平信远斋的回忆，季淑北平住家就在信远斋附近，她便补充一些有关这一家名店的故事。坐久了，季淑捧出一盘盘的糯米藕，有关糯米藕的故事我可以讲一小时，之藩听得皱眉、叹气不已。季淑指我说："为了这几片藕，几乎把他馋死！"有时候她以冰凉的李子汤给我们解渴，抱憾地说："可惜这里没有老虎眼大酸枣，否则还要可口些。"到了夜深，往往大家不肯散，她就为我们准备宵夜，有时候是新出屉的大馒头，佐以残羹剩肴。之藩怕鬼，所以临去之前我一定要讲鬼故事，不待讲完他就堵起耳朵。他不一定是真怕鬼，可能是故作怕鬼状，以便引我说鬼。我知道他不怕鬼，他也知道我知道他不怕鬼，彼此心照不宣，每晚闲聊常以鬼故事终场。事后季淑总是怪我："人家怕鬼，你为什么总是说鬼？"

季淑怕狗，比我还要怕。狗没有咬过她，可是她听说有人被疯狗咬过死时的惨状，她就不寒而栗。她出去买菜，若是遇见有狗在巷口徘徊，她就多走一段路绕道而行，有时绕几段路还是有狗，她就索性提着篮子回家，明天再买。有一次在店铺购物，从柜台后面走出一条小狗，她大惊失色。店主人说："怕什么，它还没有生牙呢。"因为狗的缘故，她就很少时候独去买菜，总是由女工陪着她去。"狗是人类的最好的朋友"，可是说来惭愧，我们根本不想和狗攀交。

我们的女工都是在婚嫁的时候才离开我们。其中有一位C小姐，在婚期之前季淑就给她张罗购买了一份日用品，包括梳洗和厨房用具。等到吉日便由我家出发，爆竹声中登上彩车而去，门口挤满了看热闹的人。有一位邻人还笑嘻嘻地对季淑说："恭喜，恭喜，令爱今天打扮得好漂亮！"事后季淑还应邀到她的新房去探视过一次，回来告诉我说，她生活清苦，斗室一间，只有一个二尺见方的木板窗。

季淑酷嗜山水，虽然步履不健，尚余勇可贾。几次约集朋友们远足，她都兴致勃勃，八卦山、观音山、金瓜石、狮头山等处都有我们的游踪。看到林木、山石、海水，她都欢喜赞叹。不过因为心脏较弱，已不善登陟。在这个时候，我发现我染有糖尿症，她则为风湿关节炎所苦，老态渐臻，无可如何。

云和街的房子有一重大缺点，地板底下每雨则经常积水，无法清除，所以总觉得室内潮气袭人，秋后尤甚，季淑称之为水牢。这对于她的风湿当然不利。一九五八年夏，文蔷赴美游学，家里顿形凄凉，我们有意改换环境。适有朋友进言，居住公家的日式房屋既不称意，何不买地自建房屋？我们心动。于是季淑天天奔走，到处看房看地。我们终于决定买下了安东街三〇九巷的一块地皮，于一九五九年一月迁入新居。

十五

我岂不知"求田问舍，怕应羞见，刘郎才气"？只因季淑病躯需要调养，故乃罄其所有，营此小筑。地皮不大，仅一百三十余坪。倩同学、友人陆云龙先生鸠工兴建，图样是我们自己打的。我们打图的计划是，房求其小，院求其大，因为两个人不需要大房，而季淑要种花木，故院需宽敞。室内设计则务求适合我们的需要。她不喜欢我独自幽闭在一间书斋之内，她不愿扰我工作，但亦不愿与我终日隔离，她要随时能看见我。于是我们有一奇怪的设计，一联三间房，一间寝室，一间书房，中间一间起居室，拉门两套虽设而常开。我在书房工作，抬头即可看见季淑在起居室内闲坐，有时我晚间工作，亦可看见她在床上躺着。这一设计满足了我们的相互的愿望。季淑坐在中间的起居室，我曾笑她像是蜘蛛网上的一只雌蜘蛛，盘踞网的中央，窥察四方的一切动静，照顾全家所有的需要，不愧为名副其实的一家之主。

　　不出半年，新屋落成。金圣叹《三十三不亦快哉》，其中之一是："本不欲造屋，偶得闲钱，试造一屋，自此日为始，需木，需石，需瓦，需砖，需灰，需钉，无晨无夕，不来聒于两耳。乃至罗雀掘鼠，无非为屋校计，而又都不得屋住，既已安之如命矣。忽然一日屋竟落成，刷墙扫地，糊窗挂画；一切匠作出门毕去，同人乃来分榻列坐，不亦快哉！"我们之快哉则有甚于此者。一切委托工程师，无应付工人之烦，一切早有预算，无临时罗掘之必要。唯一遗憾的是房屋造得太结实，比主人的身体要结实得多，十三年来没漏过雨水，地板没塌陷过一块，后来拆除的时候很费手脚。落成之后，好心朋友代我们做了庭园的布置，草皮花木应有尽有。季淑携来一粒面包树的种子，栽在前院角上，居然茁长甚速，虽经台风几番摧毁，由于照管得法，长成大树，因为是她所手植，我特别喜爱它。

云和街的房子空出来之后，候补迁入的人很多，季淑坚决主张不可私相授受，历年修缮增建所耗亦无须计较索偿，所以我无任何条件，于搬出之日将钥匙送归学校，手续清楚。季淑则着手打扫清洁，不使继居者感到不便。我们临去时对那棵大面包树频频回顾，不胜依依。后来路经附近一带，我们也常特为绕道来此看看这棵树的雄姿是否无恙。

住到新房里不久，季淑患匐行疹（俗名转腰龙），腰上生一连串的小疱，是神经末梢的发炎，原因不明，不外是过滤性病毒所致，西医没有方法治疗，只能镇定剧痛的感觉。除了照料她的饮食之外，我爱莫能助。有一位朋友来探病，把我拉到一边告诉我说："此病不可轻视，等到腰上的一条龙合围一周，人就不行了。"又有一位朋友笑嘻嘻地四下打量着说："有这样的房子住，就是生病也是幸福。"这病拖延十日左右，最后有朋友介绍南昌街一位中医华佗氏，用他秘制的药粉和以捣碎的瓮菜泥敷在患处，果然见效，一天天地好起来了。介绍华佗氏的这位朋友也为我的糖尿症推荐一个偏方：用玉蜀黍的须子熬水大量饮用。我试了好多天，无法证明其为有效。

说起糖尿症，我连累季淑不少。饮食无度，运动太少，为致病之由。她引咎自责，认为她所调配的食物不当，于是她就悉心改变我的饮食，其实医云这是老年性的糖尿症，并不严重。文蔷寄来一册《糖尿症手册》，深入浅出，十分有用，我细看不止一遍，还借给别人参阅。糖是不给我吃了，碳水化合物也减少到最低限度，本来炸酱面至少要吃两大碗，如今改为一大碗，而其中三分之二是黄瓜丝、绿豆芽，面条只有十根八根埋在下面。一顿饭以两片面包为限，要我大量地吃黄瓜拌粉。动物性脂肪几乎绝迹，改用红花子油。她常感慨地说："有一些所谓'职业妇女'者，常讥笑家庭主妇的职业是在厨房里，其实我在厨房里的工作也还没有做好。"事实上，她做得太好了。自来台以后，我不太喜欢酒食应酬，有时避免开罪于人非敬陪末座不可，季淑就为我特制三明治一个，放在衣袋里，等别人"式燕以敖"的时候，我就取出三明治，道一声"告罪"，徐徐啮而食之。这虽令人败兴，但久之朋友们也就很少约我赴宴。在这样的饮食控制之下，我的糖尿症没有恶化，直到如今我遵照季淑给我配制的食谱，维持我的体重。

我们不喜欢赌，赌具却有一副，那是我在北平买的一副旧的麻将牌。季淑家居烦闷，三五好友就常聚在一起消磨时间，赌注小到不能再小，八圈散场，卫生之至。夫妻同时上桌乃赌家大忌，所以我只扮演"牌僮"，一旁伺候，时而茶水，时而点心，忙得团团转。赌，不开始则已，一开始赌注必定越来越大，圈数必定越来越多，牌友必定越来越杂；同时这种游戏对于关节炎患者并不适宜。有一天季淑突然对我宣告："我从今天戒赌。"真的，从那一天起，真个不再打牌，以后连赌具也送人了，一张特制的桌面可以折角的牌桌也送人了，关于麻将之事，从此提都不提，我说不妨偶一为之，她也不肯。

对于花木，她的兴复不浅。后院墙角搭起一个八尺见方的竹棚（警察认为是违章建筑，但结果未被拆除），里面养了几十盆洋兰和素心兰。她最爱的是素心兰，严格讲应该是蕙，姿态可以入画，一缕幽香不时地袭人，花开时搬到室内，满室郁然。友人从山中送来一株灵芝，插入盆内，成为高雅的清供。竹棚上的玻璃被邻街的恶童一块块地击毁，不复能蔽风雨，她索性把兰花一盆盆地吊在前院一棵巨大的夹竹桃下，勉强有点阴凉，只是遇到连绵的雨水或酷寒的天气，便需一盆盆地搬进室内，有时半夜起来抢救，实在辛劳。玫瑰也是她所欣喜的，我们也有一些友人赠送的比较贵重的品种，遇有大风雨，她便用塑料袋把花苞一个个地包起来，使不受损。终以阳光太烈、土壤不肥，虽施专门的花肥，仍不能培护得宜。她常说："我们的兰花，不能和胡伟克先生家的相比，我们的玫瑰，不能和张棋祥先生的相比，但是我亲手培养的就格外亲切可爱。"可惜她力不从心，不大能弯腰，亦不便蹲下，园艺之事不能尽兴。院里有含笑一株，英文叫banana shrub，因花香略带甜味近似香蕉，是我国南方有名的花木。有一天，师大送公教配给的工友来了，他在门外就闻到了含笑的香气，他乞求摘下几朵，问他作何用途，他惨然说："我的母亲最爱此花，最近她逝世了，我想讨几朵献在她的灵前。"季淑大受感动，为之涕下，以后他每次来，不等他开口，只要枝上有花，必定摘下一盘给他。

季淑爱花草，不分贵贱，一视同仁。有一次在阳明山上的石隙中间看见一株小草，叶子像是竹叶，但不是竹，葱绿而挺俏，她试一抽取，连根拔出，遂小心翼翼地裹以手帕带回家里，栽在盆中灌水施肥，居然成一盆景。我做出要给她拔掉之状，她就大叫。

房檐下遮窗的雨棚，有几个铁钩子，是工程师好意安装的。季淑说："这是天造地设，应该挂几个鸟笼。"于是我们买了三四个鸟笼，先是养起两只金丝雀。喂小米，喂菜心，喂红萝卜，鸟儿就是不大肯唱。后来请教高人，才知道一雌一雄不该放在一起，要隔离之后雄的才肯引吭高歌。（不独鸟类如此，人亦何尝不然？能接吻的嘴是不想歌唱的。）我们试验之后，果然，但是总觉得这样摆布未免残忍。后来又养一种小鹦鹉，又名爱鸟，宽大的喙，整天咕咕地亲嘴。听说这种鹦鹉容易传染一种热病。我们开笼放生，不久又都飞回来，因为笼里有食物，宁可回到笼里来。之后，又养了一只画眉，这是一种雄壮的野鸟，怕光怕人，需要被人提着笼摇摇晃晃地早晨出去溜达。叫的声音可真好听，高亢而清脆，声达一二十丈以外。我们没有工夫遛它，有一天它以头撞笼流血而死。从此我们也就不再养鸟。在大自然的环境中，每见小鸟在枝头跳跃，季淑就驻足而观，喜不自禁。她喜爱鸟的轻盈的体态。

一九六〇年七月，我参加"中美文化关系讨论会"赴美国西雅图，顺便到伊利诺伊州看新婚后的文蔷，这是我来台后第一次和季淑做短期的别离，约二十日。我的心情就和三十多年前在美国做学生的时代一样，总是记挂着她。事毕我匆匆回来，她盛装到机场接我，"铅华不可弃，莫是蕙砧归？"她穿的是自己缝制的一件西装，鞋子也是新的。她已许久不穿旗袍，因为腰窄领硬很不舒服，西装比较洒脱，领胸可以开得低低的。她计算着我的归期，花两天的时间就缝好了一件新衣，花样、式样我认为都无懈可击。我在汽车里就告诉她："我喜欢你的装束。"小别重逢，"其新孔嘉，其旧如之何？"

一九六三年十二月十八日，有独行盗侵入寒家，持枪勒索，时季淑正在厨房预备午膳。文蔷甫自美国返来省亲，季淑特赴市场购得黄鳝数尾，拟做生炒鳝丝，方下油锅翻炒，闻警急奔入室，见盗正在以枪对我做欲射状。她从容不迫，告之曰："你有何要求，尽管直说，我们会答应你的。"盗色稍霁。这时候门铃声大作，盗惶恐以为缇骑到门，扬言杀人同归于尽。季淑徐谓之曰：

"你们二位坐下谈谈，我去应门，无论是谁，吾不准其入门。"盗果就座，取钱之后犹嫌不足，夺我手表，复迫季淑交出首饰，她有首饰盒二，其一尽系廉价赝品，立取以应，盗匆匆抓取一把珠项链等物而去。当天夜晚，盗即就逮，于一月三日伏法。此次事件端赖季淑临危不乱，镇定应付，使我得以幸免于祸灾。未定谳前，季淑复力求警宪从轻发落，声泪俱下。碍于国法，终处极刑，我们为之痛心者累日。季淑的镇定的性格，得自母氏，我的岳母之沉着稳重，有非常人所能及者。

那盘生炒鳝丝，我们无心享受。事实上若非文蔷远路归宁，季淑亦决不烹此异味，因为宰割鳝鱼厥状至惨，她却不欲亲见杀生以恣口腹之欲。我们两人在外就膳，最喜"素菜之家"，清心寡欲，心安理得。她常说："自奉欲俭，待人不可不丰。"我有时邀约好友到家小聚，季淑总是欣然筹划，亲自下厨，她说她喜欢为人服务。最熟的三五朋友偶然来家午膳，季淑常以馅饼飨客，包制馅饼之法她得到母亲的真传，皮薄而匀，不干不破，客人无不击赏，他们因自号为"馅饼小姐"。有一回一位朋友食季淑亲制之葱油饼，松软而酥脆，不禁跷起拇指，赞曰："江南第一！"

季淑以主持中馈为荣，我亦以陪她商略膳食为乐。买菜之事很少委之用人，尤其是我退休以后空闲较多，她每隔两日提篮上市，我必与俱。她提竹篮，我携皮包，缓步而行，绕市一匝，满载而归。市廛摊贩几乎无人不识这一对蹒跚老者，因为我们举目四望很难发现再有这样一对。回到家里，倾筐倒箧，堆满桌上，然后我们就对面而坐，剥豌豆，掐豆芽，劈菜心……差不多一小时，一面手不停挥，一面闲话家常。随后我就去做我的工作，等到一声"吃饭"我便坐享其成。十二时午饭，六时晚饭，准时用餐，往往是分秒不爽，多少年来总是如此。

帮我们做工的 W 小姐，做了五年之后于归，我们舍不得她去，季淑为她置备一些用品，又送她一架缝纫机，由我们家里登上彩车而去。以后她还常来探视我们。

我的生日在腊八那一天，所以不容易忘过。天还未明，我的耳边就有她的声音："腊七腊八儿，冻死寒鸦儿。我的寒鸦儿冻死了没有？"我要她多睡一会儿，她不肯，匆匆爬起来就往厨房跑，去熬一大锅腊八粥。等我起身，热乎乎的一碗粥已经端到我的跟前。这一锅粥，她事前要准备好几天，跑几趟街才能勉强办齐基本的几样粥果，核桃要剥皮，瓜子也要去皮，红枣要刷洗，白果要去壳——好费手脚。我劝她免去这个旧俗，她说："不，一年只此一遭，我要给你做。"她年年不忘，直到来了美国最后两年，格于环境，她才抱憾地罢手。头一年腊八，她在我的纪念册上画了一幅兰花，第二年腊八，将近甲寅，她为我写了一个"一笔虎"，缀以这样的几个字：

华：

明年是你的本命年，

我写一笔虎，

祝你寿绵绵，

我不要你风生虎啸，

我愿你老来无事饱加餐。

季淑

"无事""加餐"，谈何容易！我但愿能不辜负她的愿望。

有一天我们闲步，巷口邻家的一个小女孩立在门口，用她的小指头指着季淑说："你老啦，你的头发都白啦。"童言无忌，相与一笑。回家之后季淑就说："我想去染头发。"我说："千万不要。我爱你的本色。头白不白，没有关系，不过我们是已经到了偕老的阶段。"从这天起，我开始考虑退休的问题。我需要更多的时间享受我的家庭生活，也需要更多的时间译完我久已应该完成的《莎士比亚全集》。在季淑充分谅解与支持之下，我于一九六六年夏奉准退休，结束了我在教育界四十年的服务。

八月十四日师大英语系及英语研究所同仁邀宴我们夫妇于欣欣餐厅，出席者六十人，我们很兴奋也很感慨。我们于二十四日设宴于北投金门饭店答谢同仁，并游野柳。退休之后，我们无忧无虑到处闲游了几天。最近的地方是阳明山，我们寻幽探胜，专找那些没有游人肯去的地方。我有午睡习惯，饭后至旅舍辟室休息，携手走出的时候旅舍主人往往投以奇异的眼光，好像是不大明白这样一对老人到这里来是搞什么勾当。有一天季淑说："青草湖好不好？"我说："管他好不好！去！"一所破庙，一塘泥水，但是也有一点野趣，我们的兴致很高。更有时，季淑备了卤菜，我们到荣星花园去野餐，也能度过一个愉快的半天。

我没有忘记翻译莎氏戏剧，我伏在案头辄不知时刻，季淑不时地喊我："起来！起来！陪我到院里走走。"她是要我休息。于是相偕出门赏玩她手栽的一草一木。我翻译莎氏，没有什么报酬可言，穷年累月，兀兀不休，其间也很少得到鼓励，漫漫长途中陪伴我、体贴我的只有季淑一人。最后三十七种剧本译竟，由远东图书公司出版。一九六七年八月六日，承朋友们的厚爱，以"中国文艺协会""中国青年写作协会""台湾妇女写作协会""中国语文学会"的名义发起在台北举行庆祝会。到会者约三百人，主其事者是刘白如、赵友培、王蓝等几位先生。有两位女士代表献花给我们夫妇，我对季淑说："好像我们又在结婚似的。"是日《××日报》有一段报道，说我是"三喜临门"："一喜，三十七本莎翁戏剧出版了，这是台湾第一部由一个人译成的全集；二喜，梁实秋和他的老伴结婚四十周年；三喜，他的爱女梁文蔷带着丈夫邱士燿和两个宝宝由美国回来看公公。"三喜临门固然使我高兴，最能使我感动的另有两件事：一是谢冰莹先生在庆祝会中致辞，大声疾呼："《莎氏全集》的翻译完成，应该一半归功于梁夫人！"一是《世界画刊》的社长张自英先生在我书房壁上看见季淑的照片，便要求取去制版，刊在他的第三百二十三期画报上，并加注明："这是梁夫人程季淑女士——在四十二年前——年轻时的玉照，大家认为梁先生的成就，一半应该归功于他的夫人。"他们二位异口同声说出了一个妻子对于她的丈夫之重要。她容忍我这么多年做这样没有急功近利可图的工作，而且给我制造身心愉快的环境，使我能安心地专于其事。

文蔷、士熿和两个孩子在台住了一年零九个月，给了我们很大的安慰，可是他们终于去了，又使我们惆然。我用了一年的功夫译了莎士比亚的三部诗，全集四十册算是名副其实地完成了，从此与莎士比亚暂时告别。一九六八年春天，我重读近人一篇短篇小说，题名是《迟些聊胜于无》(Better Late Than Never)，描述一个老人退休后领了一笔钱带着他的老妻补做蜜月旅行，甚为动人，我曾把它收入我编的高中英语教科书，如今想想这也正是我现在应该做的事。我向季淑提议到美国去游历一番，探视文蔷一家，顺便补偿我们当初结婚后没有能享受的蜜月旅行。她起初不肯，我就引述那篇小说里的一句话："什么，一个新娘子拒绝和她的丈夫做蜜月旅行！"她这才没有话说。我们于一九七〇年四月二十一日飞往美国，度我们的蜜月，不是一个月，是约四个月，于八月十九日返回台北，这是我们的一个豪华的扩大的迟来的蜜月旅行，途中经过俱见我所写的一个小册《西雅图杂记》。

十六

我们匆匆回到台北，因为帮我们做家务的C小姐即将结婚，她在我们家里工作已经七年，平素忠于职守，约定等我们回来她再成婚，所以我们的蜜月不能耽误人家的好事。季淑从美国给她带来一件大衣，她出嫁时赠送她一架电视机及家中一些旧的家具之类。我们去吃了喜酒。她的父母对我们说了一些话，我一句也听不懂，季淑听懂了其中一部分：都是乡村人所能说出的简单而诚挚的话。我已多年不赴喜宴，最多是观礼申贺，但是这一次是例外，直到筵散才去。我们两年后离开台北，登车而去的时候，她赶来送行，我看见她站在我们家门口落下了泪。

我有凌晨外出散步的习惯，季淑怕我受寒，尤其是隆冬的时候，她给我缝制一条丝绵裤，裤脚处钉一副飘带，绑扎起来密不透风，又轻又暖。像这样的裤子，我想在台湾恐怕只此一条。她又给我做了一件丝绵长袍，在冬装中这是最舒适的衣服。第一件穿脏了不便拆洗，她索性再做一件。做丝绵袍不是简单的事，台湾的裁缝匠已经很少人会做。季淑做起来也很费事，买衣料和丝绵，一张张地翻丝绵，做丝绵套，剪裁衣料，绷线，抹糨糊，撩边，钉纽扣，这一连串工作不用一个月也要用二十天才能竣事，而且家里没有宽大的台面，只能拉开餐桌的桌面凑合着用，佝着腰，再加上她的老花眼，实在是过于辛苦。我说我愿放弃这一奢侈享受，她说："你忘记了？你的狐皮袄我都给你做了，丝绵袍算得了什么？"新做的一件，只在阴历年穿一两天，至今留在身边没舍得穿。

说到阴历年，在台湾可真是热闹，也许是大家心情苦闷怀念旧俗吧，不知为什么有那么多的人竞相拜年。季淑是永远不肯慢待嘉宾的，起先是大清早就备好莲子汤、茶叶蛋以及糖果之类，后来看到来宾最欣赏的是舶来品，她就索性全以舶来品待客。客人可以成群结队地来，走时往往是单人独个地走，我们双双地恭送到大门口，一天下来精疲力竭。但是她没有怨言，她感谢客人的光临。我的老家，自一九一二年起，就取消了"过年"的一切仪式。到台湾后季淑就说："别的不提，祖先是不能不祭的。"我觉得她说得对。一个人怎能不慎终追远呢？每逢过年，她必定治办酒肴，燃烛焚香，祭奠我的列祖列宗。她因为腿脚关节不灵，跪拜下去就站不起来，我在旁拉扯她一把。我建议给我的岳母也立一个灵位，我愿一同拜祭，略尽一点孝意，她说不可，另外焚一些冥镪便是。我陪同她折锡箔，我给她写纸包袱，由她去焚送。她知道这一切都是无裨实际的形式，但是她说："除此以外，我们对于已经弃养的父母还能做些什么呢？"

一般人主持家计，应该是量入为出，季淑说："到了衣食无缺的地步之后，便不该是'量入为出'，应该是'量入为储，因为你不知道什么时候你将有不时之需。"有人批评我们说："你们府上每月收入多少，与你们的生活水准似乎无关。"是的，季淑根本不热心于提高日常的生活水准。东西不破，不换新的。一根绳，一张纸，不轻抛弃。院里树木砍下的枝叶，晒干了之后留在冬季烧壁炉。鼓励消费之说与分期付款的制度，她是听不入耳的。可是在另一方面，她很豪爽，她常说："贫家富路"，外出旅行的时候决不吝啬；过年送出去的红包，从不缺少；亲戚子弟读书而膏火不继，朋友出国而资斧不足，她都欣然接济。我告诉她我有一位朋友遭遇不幸急需巨款，她没有犹豫就主张把我们几年的储蓄举以相赠，而且事后她没有向任何人提起。

俗语说："女主内，男主外。"我的家则无论内外，一向由季淑兼顾。后来我觉察她的体力渐不如往昔的健旺，我便尽力减少在家里宴客的次数，我不要她在厨房里劳累，同时她外出办事我也尽可能地和她偕行。果然，有一天，在南昌街合会，她从沙发上起立，突然倒在地上，到沈彦大夫诊所查验，血压高至二百四十几度，立即在该诊所楼上病房卧下，住了十天才回家。病房的伙食只是大碗面、大碗饭，并不考虑病人的需要，我每天上午去看她，送一瓶鲜橘汁，这是多少年来我亲手每天为她预备的早餐的一部分，再送一些她所喜欢的食物，到下午我就回家。这十天我很寂寞，但是她在病房里更惦记我。高血压是要长期服药休养的，我买了一个血压计，我耳聋听不到声音，她自己试量。悉心调养之下，她的情况渐趋好转，但是任何激烈的动作均行避免。

自从季淑患高血压，文蔷就企盼我们能到美国去居住，她就近可以照料。一九七二年国际情势急剧变化，她便更为着急。我们终于下了决心，卖掉房子，结束这个经营了多年的破家，迁移到美国去。但是卖房子结束破家，这一连串的行动牵涉很广，要奔走，要费唇舌，要与市侩为伍，要走官厅门路，这一份苦难我们两个互相扶持地承受了下来。于五月二十六日我们到了美国。

十七

美国不是一个适于老年人居住的地方。一棵大树，从土里挖出来，移植到另外一个地方去，都不容易活，何况人？人在本乡本土的文化里根深蒂固，一挖起来总要伤根，到了异乡异地水土不服自是意料中事。季淑肯到美国来，还不是为了我？西雅图地方好，旧地重游，当然兴奋。季淑看到了她两年前买的一棵山杜鹃已长大了不少，心里很欢喜。有人怨此地气候潮湿，我们从台湾来的人只觉得其空气异常干燥舒适。她来此后风湿性关节炎没有严重地复发过，我们私心窃喜。每逢周末，士耀驾车，全家出外郊游，她的兴致总是很高，咸水公园捞海带，植物园池塘饲鸭，摩基提欧轮渡码头喂海鸥，奥林匹亚啤酒厂参观酿造，斯诺夸密观瀑，义勇军公园温室赏花，布欧尔农庄摘豆，她常常乐而忘疲。从前去过加拿大维多利亚拔卓特花园，那里的球茎秋海棠如云似锦，她常念念不忘。但是她仍不能不怀念安东街寓所她手植的那棵面包树，那棵树依然无恙。我在一九七三年一月十一日（壬子腊八）戏填一首俚词给她看：

> 恼煞无端天末去。
>
> 几度风狂，不道岁云暮。
>
> 莫叹旧居无觅处，
>
> 犹存墙角面包树。
>
> 目断长空迷津渡。
>
> 泪眼倚楼，楼外青无数。
>
> 往事如烟如柳絮，
>
> 相思便是春常驻。

事实上她从来不对任何人有任何怨诉，只是有的时候对我掩不住她的一缕乡愁。

在百无聊赖的时候季淑就织毛线。她的视神经萎缩，不能多阅读，织毛线可以不太耗目力。在织了好多件成品之后，她要给我织一件毛衣，我怕她太劳累，宁愿继续穿那一件旧的深红色的毛衣，那也是她给我织的，不过是四十几年前的事了。我开始穿那红毛衣的时候，杨金甫还笑我是"暗藏春色"。如今这红毛衣已经被磨得光平，没有一点毛。有一天她得便买了毛线回来，天蓝色的，十分美观，没有用多少工夫就织成了，上身一试，服服帖帖。她说："我给你织这一件，要你再穿四十年。"

岁月不饶人，我们两个都垂垂老矣。有一天，她抚摩着我的头发，说："你的头发现在又细又软，你可记得从前有一阵你不愿进理发馆，我给你理发，你的头发又多又粗，硬得像是板刷，一剪子下去，头发渣进得满处都是。"她这几句话引我想起英国诗人彭士（Robert Burns）的一首小诗：

John Anderson My Jo

John Anderson my jo, John,

When we were first acquent,

Your locks were like the raven,

Your bonie brow was brent ;

But now your brow is beld, John,

Your locks are like the snow,

But blessings on your frosty pow,

John Anderson my jo !

John Anderson my jo, John,

We climb the hill thegither,

And monie a cantie day, John,

We've had wi'ane anither :

Now we maun totter down, John,

And hand in hand we'll go,

And sleep thegither at the foot,

John Anderson my jo !

约翰·安德森，我的心肝

约翰·安德森，我的心肝，约翰，

想当初我们俩刚刚相识的时候，

你的头发黑的像是乌鸦一般，

你的美丽的前额光光溜溜；

但是如今你的头秃了，约翰，

你的头发白得像雪一般，

但愿上天降福在你的白头上面，

约翰·安德森，我的心肝！

约翰·安德森，我的心肝，约翰，

我们俩一同爬上山去，

很多快乐的日子，约翰，

我们是在一起过的；

如今我们必须蹒跚地下去，约翰，

我们要手拉着手地走下山去，

在山脚下长眠在一起，

约翰·安德森，我的心肝！

我们两个很爱这首诗，因为我们深深理会其中深挚的情感与哀伤的意味。我们就是正在"手拉着手地走下山"。我们在一起低吟这首诗不知有多少遍！

季淑怵上楼梯，但是餐后回到室内须登楼，她就四肢着地爬上去。她常穿一件黑毛绒线的上衣，宽宽大大的，毛毛茸茸的，在爬楼的时候我常戏言："黑熊，爬上去！"她不以为忤，掉转头来对我吼一声，做咬人状。可是进入室内，她就倒在我的怀内，我感觉到她的心脏扑通扑通地跳。

我们不讳言死，相反的，还常谈论到这件事。季淑说："我们已经偕老，没有遗憾，但愿有一天我们能够口里喊着'一二三'，然后一起同时死去。"这是太大的奢望，恐怕总要有个先后。先死者幸福，后死者苦痛。她说她愿先死，我说我愿先死。可是略加思索，我就改变主张，我说："那后死者的苦痛还是让我来承当吧！"她谆谆地叮嘱我说，万一她先我而死，我须要怎样地照顾我自己，诸如工作的时间不要太长，补充的药物不要间断，散步必须持之以恒，甜食不可贪恋——没有一项琐节她不曾想到。

我想手拉着手地走下山也许尚有一段路程。申请长久居留的手续已经办了一年多，总有一天会得到结果，我们将双双地回到本国的土地上去走一遭。再过两年多，便是我们结婚五十周年，在可能范围内要庆祝一番，我们私下里不知商量出多少个计划。谁知道这两个期望都落了空！

四月三十日那个不祥的日子！命运突然攫去了她的生命！上午十点半我们手拉着手到附近市场去买一些午餐的食物，市场门前一个梯子忽然倒下，正好击中了她。送医院急救，手术后未能醒来，遂与世长辞。在进入手术室之前的最后一刻，她重复地对我说："华，你不要着急！华，你不要着急！"这是她最后对我说的一句话，她直到最后还是不放心我，她没有顾虑到她自己的安危。到了手术室门口，医师要我告诉她，请她不要紧张，最好是笑一下，医师也就可以轻松地执行他的手术。她真的笑了，这是我在她生时最后看到的她的笑容！她在极痛苦的时候，还是应人之请做出了一个笑容！她一生茹苦含辛，不愿使任何别人难过。

我说这是命运，因为我想不出别的任何理由可以解释。我问天，天不语。哈代（Thomas Hardy）有一首诗《二者的辐合》（The Convergence of the Twain），写一九一二年四月十五日豪华邮轮"铁达尼"号在大西洋上做处女航，和一座海上漂流的大冰山相撞，死亡在一千五百人以上。在时间上、空间上配合得那样巧，以至造成那样的大悲剧。季淑遭遇的意外，亦正与此仿佛，不是命运是什么？人世间时常没有公道，没有报应，只是命运，盲目的命运！我像一棵树，突然一声霹雳，电火殛毁了半劈的树干，还剩下半株，有枝有叶，还活着，但是生意尽矣。两个人手拉着手地走下山，一个突然倒下去，另一个只好跟跟跄跄地独自继续他的旅程！

本文曾引录潘岳的《悼亡诗》，其中有一句："上惭东门吴。"东门吴是人名，复姓东门，春秋魏人。《列子·力命》："魏人有东门吴者，其子死而不忧。其相室曰：'公之爱子，天下无有，今子死，不忧何也？'东门吴曰：'吾常无子，无子之时不忧；今子死，乃与向无子同，臣奚忧焉？'"这个说法是很勉强的。我现在茕然一鳏，其心情并不同于当初独身未娶时。多少朋友劝我节哀顺变，变故之来，无可奈何，只能顺承，而哀从中来，如何能节？我希望人死之后尚有鬼魂，夜眠闻声惊醒，以为亡魂归来，而竟无灵异。白昼萦想，不能去怀，希望梦寐之中或可相觏，而竟不来入梦！环顾室中，其物犹故，其人不存。元微之《悼亡诗》有句："唯将终夜常开眼，报答平生未展眉！"我固不仅是终夜常开眼也。

季淑逝后之翌日，得此间移民局通知前去检验体格，然后领取证书；又逾数十日得大陆子女消息。我只能到她的坟墓去涕泣以告。六月三日师大英语系同仁在台北善导寺设奠追悼，吊者二百余人，我不能亲去一恸，乃请陈秀英女士代我答礼，又信笔写一对联寄去，文曰："形影不离，五十年来成梦幻；音容宛在，八千里外吊亡魂。"是日我亦持诵《金刚经》一遍，口诵"一切有为法，如梦、幻、泡、影，如露亦如电，应作如是观"，而我心有驻，不能免于实执。五十余年来，季淑以其全部精力、情感奉献给我，我能何以为报？秦嘉《赠妇诗》：

> 诗人感木瓜，乃欲答瑶琼。
>
> 愧彼赠我厚，惭此往物轻。
>
> 虽知未足报，贵用叙我情。

缅怀既往，聊当一哭！衷心伤悲，掷笔三叹！

一九七四年八月二十九日于美国西雅图